Sweet & Bitter

スウィート&ビター

甘いだけじゃない
4つの恋の
ストーリー

恋ってそんなにいいもの？

近江屋一朗　清水晴木
織守きょうや　村上雅郁

岩崎書店

Sweet & Bitter《スウィート&ビター》

甘いだけじゃない

4つの恋の

ストーリー

恋ってそんなにいいもの？

プロローグ PROLOGUE

最近、恋《こい》をしましたか？

いつも誰《だれ》かを好きになりたい、恋に恋している人もいれば、

みんなみたいには、好きな人ができる気がしない…！　という人もいます。

リアルな関係より、アイドルなどの「推《お》し」を愛《め》でたり、

ＳＮＳや仮想空間でのコミュニケーションから、芽生える恋もありますね。

そもそも、恋愛自体に興味が持てなかったり、

& Bitter

恋愛対象が異性《いせい》とは限らない、ということもあるでしょう。
自分の個性も、恋のカタチも、人の数だけ、
いいえ、もっともっと、星の数ほどあるのかもしれないから、
あなたにも、あなたのまわりにも、きっと、いろいろな物語があるはず。

自分だったらどうする？
甘《あま》いお菓子《かし》を思い浮《う》かべながら、甘いだけじゃない恋のストーリーをどうぞ。

Sweet

甘いだけじゃない
4つの恋の
ストーリー

恋ってそんなにいいもの？

目次
contents

& Bitter

Sweet

監修　合田 文
装画　中島 梨絵
装丁　原条 令子デザイン室

味がないのが好き

近江屋一朗

ICHIRO OMIYA

まりも

——学校の机《つくえ》って少しべたつくのがやじゃない?

お風呂《ふろ》上がりのさっぱりした身体で、洗濯《せんたく》したてのベッドシーツの上に寝《ね》っ転がりながら、

SNSにつぶやいてみた。

少しして「いいね」がつく。

まだ誰《だれ》からの「いいね」かはわからない。

(たのむ……!)

ぼくは小さくどきどきする指先で、通知欄《つうちらん》をタップした。

見覚えのあるアザラシのイラストのアイコン。

ぼくの心臓《しんぞう》はクラッカーのように血液を押《お》し流した。

――まりもさんがいいね！　しました

（よっしゃ）

ぼくは速《すみ》やかにスクショを撮《と》り、まりものアカウントにいって最近のつぶやきの中から無《ぶ》難《なん》なつぶやきにひとつ「いいね」を返す。


――お母さんが買ってきてくれたこのケーキうまい

そのころにはぼくの身体は通常モードに戻《もど》っていて、さっきまでの血流の余韻《よいん》が少し残っているだけだった。さらさらのシーツが肌《はだ》に心地よく触《ふ》れる。

（てか、まりもはこのつぶやきにいいねしてくれるのかあ）

自分でも正直、ちょっと気持ち悪いつぶやきだったと思うのに。

人の反応待ちっていうか。

細かすぎるというか。

そんなうじうじしたクソみたいなことを考えていたら、ＬＩＮＥの通知が来た。差出人は、まりも。

——イベント手伝ってくれえええ

もう一回スクショ。

——おけ

秒で返すとすぐに既読《きどく》がついた。
ぼくの顔がゆるんだのが自分でもわかる。
急いでスマホのゲームアプリ「ナルカミ」を起動し、ゲームの世界に入る。
広がる青い空の下、朽《く》ちた遺跡《いせき》。
その真ん中でぴょんぴょんと跳《と》びはねる少年のキャラ。

それを操作《そうさ》しているのがまりもだ。

ぼくはゲームの中だと白雪《しらゆき》という名前で、少女のキャラを操作して、同じように跳びはねる。

イベント、というのはゲーム内で行われる期間限定の催《もよお》しだ。今回のイベントは、決まった数の敵《てき》を倒《たお》すと課金アイテムや育成素材がもらえるのだが、敵の数が多くて、一人でこなすのは少しきついと思っていた。

――まじで助かる

――こっちもちょうどやろうとしてたとこ

――んじゃいくか

――おう

まりもとは数ヶ月前に「ナルカミ」の話題をきっかけにSNSで知り合った。

ぼくと同い年の中学二年生らしい。LINEでつながったときに本人が言っていた。

らしい、というのは直接会ったことはないからだ。ネット上の情報だけだと、本当のことはわからない、ということはぼくも知ってる。

もしかしたら、すごく年上のおじさんってこともあるかもだけど、普段《ふだん》の言動からすると、それはないはず。

いや、ないよね……。

もし完全にだまされているとしたら、きっとぼくはショックで寝込《ねこ》むと思う。

それくらい、ぼくの生活の中心にまりもはいる。

そんなことを考えていたら、まりもからLINEが来た。

――白雪《しらゆき》ちゃん～!!　さっきはありがとうね。と～っても助かっちゃった。もしかしてもうお眠《ねむ》zzzカナ!?　明日は寒くなるから、暖《あたた》かくして寝《ね》るんだよ！

ネットでよく見るおじさんみたいな文章。

まりもは時々こういうちょっと変な文章を送ってくる。

ただ、今回はまるで本物のおじさんが考えたみたいでちょっとびびる。


——まりもさんも暖かくして下さいね！　あと、明日誕生日《たんじょうび》なので10万円下さい。

——誕生日、まだやろが！


こっちのボケにもするどく切り返してくれる。でも、若干《じゃっかん》おじさんっぽい。

さっきのは、ふざけてるだけ、だよね？

もしかして、素で書いた文章だったらどうしよう、とぼくは少し不安な気持ちを抱《かか》えながらふかふかの毛布の中にもぐった。

学校

ぼくの生活のはしっこに位置する場所で、ぼくは舌打《したう》ちをした。

つまり、ぼくは学校の教室で、舌打ちをしようとしてしなかった。我慢《がまん》した。

教室にはうるさい人たちがたくさんいる。

みんな口を大きく開けて笑うし、声も必要レベルを超《こ》えている。つばが飛ぶじゃん。

うるさい人の周りには汚《きたな》いものが漂《ただよ》っている気がして、嫌《いや》な気持ちになる。

だから、学校はぼくにとって真ん中の場所じゃない。

そこにいるみんなは、何が面白いのかわからない話で笑い合っているし。

ぼくにはそれが面白いと思えなくて、つまらない。

「ねえねえ、すっごくびっくりすることがあったんだけど」

「なになに？」

「昨日インスタ見てたらさ、ヒトデが出てきてさ」

「ヒトデ？」

「そうそう。あのとげとげ？　星みたいになってるとこ、あれって、手だと思うじゃん？

全部、頭なんだって」

「へー、まじで」

（くそっ！）

ぼくは面白いと思ってしまった。

なんで唐突《とうとつ》に知的な話ができるんだよ。

完敗だ。

敗北感を抱《かか》えながら自分の席へ向かうと、ぼくの机《つくえ》に人が腰《こし》かけていた。

机の面にべったりと手をつけているから、きっと指紋《しもん》がたくさんついている。

「お、桧村《ひむら》！　おっはよ！」

「うん、おはよ」

机に座《すわ》っている、たぶんぼくを友だちだと思ってくれている青柳《あおやぎ》くんはさわやかな笑顔で、
本当に何も考えてないっていうのが伝わってきて、ぼくは自分がちょっと嫌になった。

悪いのはぼくの方なんだよな。
気にしなくていいことを気にしてるし、悪くない人を悪いと思ってしまっている。
でもさ、仕方ないんだよね。そう思ってしまうんだから。
このままじゃだめだよなあ。ああ、嫌《いや》だなあと思いながら、汚《きたな》らしい机《つくえ》に覆《おお》い被《かぶ》さる。
頬《ほお》がぺったりと机につく。
甘《あま》みや苦みがまざった木の匂《にお》い。
ぼくと机の間にはおびただしい数の微生物《びせいぶつ》。
(嫌だなあ)
生き物にはやさしくしたいと思う。
でも、こんなにたくさん生き物がいたら、どうしたらいい?
ぼくはそんなにみんなのことを考えることができない。
ぼくはやさしくなれなくなる。
ぼくはやさしくないぼくが嫌で、どんよりした気持ちになる。
だから、ごちゃごちゃしたもの、苦手なんだよ。

「なあ、机ってさ、色々ついててキモいと思わん？」

まだ机の縁《ふち》に腰《こし》を預《あず》けている青柳《あおやぎ》くんに言う。

「何？　急だな」

「なんか変に甘い匂いとかするじゃん？」

「あー、そういう。匂いフェチだったか」

「は？」

「汗《あせ》くさい方が興奮《こうふん》するタイプだろ」

「変態かよ！」

って思わず言ってしまったけど、やっぱりそれは変態だと心の底から思う。

でも、そういうところを持ってるのが、クラスで強くいられるところなんだよな。

「じゃあさ、この中だったら誰《だれ》が好き？」

青柳くんの手にはマンガ雑誌《ざっし》のアイドル写真のコーナーが開かれていた。机の周りに集まっていた男子たちはみんなそれを見て、それぞれの好みについて熱く語っていたのだった。

「んー」

ぼくはひと通り女の子の顔を見る。みんなキラキラしていて、パワーに満ちていた。生命力に満ちあふれていて、ぼくは少しウッと息が詰《つ》まりそうになる。

(なんか潰《つぶ》されそう)

そのとき、一人の人が目に入って、ぼくは目を奪《うば》われた。

「あ、この人」

ぼくが指さしたのは、ライブ準備中のアイドルたちの背後《はいご》に写っていたスタッフのお姉さんだ。シンプルなTシャツ姿《すがた》に、ポニーテールにまとめ上げた髪《かみ》の毛がすっきりしていて、とてもいい。

「おい」

青柳《あおやぎ》くんや周りの男子は真顔でぼくの方を向いた。

「恥《は》ずかしいからって、ネタに逃《に》げるのは無しだろ~!」

「ちょっと面白かったけどさ!」

みんなはどっと笑った。

「そんなんじゃないって!」

「もっと本性さらけ出せよ〜」

「まじなんだって！」

みんながぼくの髪の毛をわしゃわしゃとかき回してきて、ぼくは頭をぐらんぐらんゆらしながら、人の髪の毛にそんなことできるなんてすごいよな、って思った。

福豆

食べ物もやっぱり空気と同じで、ぼくには複雑すぎる。

ひとつの料理の中に色々な味があって、ぼくはそれに対して何を思ったらいいのかわからなくなってしまうんだ。

ぼくは給食で出た、つみれわかめ汁《じる》を口に運んだ。

海の匂《にお》い。

それからわかめのぬるっとした感触《かんしょく》。

食べ物には食感もある。まとわりつくようなものだったり、一部だけ柔《やわ》らかかったり、異《い》物《ぶつ》のようなとんがったものがあったりする。

そんなことを考えながら給食を食べていたら、教室に一人取り残されてしまった。

隠《かく》れていないしょうがの隠し味に、心の中で顔をゆがめながら、牛乳《ぎゅうにゅう》で一気に流し込《こ》む。

また不思議なマリアージュができあがって、ぼくはもう考えるのをやめたかった。

（ごめんね、食材）

ただ、今日は少しうれしい物が残っていた。

節分だからか、福豆のパックがついていた。

現実もこの福豆みたいに、つるりと、さらさらしていたらいいのに。

カリッ。

大豆の香りが口に広がる。

甘味《あまみ》というような甘味もないし、塩気もない。

乾燥《かんそう》している、ということは生き物がいない、ということだし、生き物がいないということは、安心できる、ということだ。

それが福豆のいいところ。

生き物、たとえば、人はベタベタしているし、人が湿《しめ》り気を持った口から発した言葉もやっぱりベトベトしていて、生命的だ。

ぼくはそれをなんとなく気持ち悪いと思ってしまう。

福豆のもうひとつのいいところは、「魔除《まよ》けになる」と言われていること。あまりにも適当で、リアルな感じが全然しないんだ。

ぼくはそれにすごく安心する。

きっとこの気持ち、誰《だれ》もわかってくれないんだろうなあ。

だれか、わかってくれないかな。

みんなは校庭に出て、砂埃《すなぼこり》にまみれながらサッカーをしているんだろう。そして、汗《あせ》の臭《にお》いをさせながら、楽しそうに教室に戻《もど》ってくるんだ。

好きな人の正体

ぼくは意味のない、思いついたことを適当につぶやくアカウントに、福豆に対する熱い想いを投稿《とうこう》してみた。
ひょっとして、まりもなら、わかってくれないかな。
少しして、いいねがついた。
アザラシのアイコンが目に入る。
（やっぱり……！）
本当はわかる〜っていう返信が欲《ほ》しかったけど、これだけでも十分うれしい。
そう思っていたら、返信の通知が来た。
（え、もしかして！）
あわてて通知の内容を見る。
でも、まりもからではなかった。あんまりからみのない相互《そうご》フォローからのコメント。
——福豆って低脂肪《ていしぼう》でタンパク質豊富でいいですよね！
（知らねーよ）

ぼくはその返信に一応礼儀《れいぎ》の「いいね」をつけて、ＳＮＳアプリを閉《と》じた。

スマホを持ったついでに、ナルカミのアプリを起動する。

少し時間があるから、食材を集めておきたい。

ナルカミは世界を自由に歩き回れるゲームで、その世界には様々な動物や植物が生きている。

プレイヤーはそれを採取して、そのまま食べたり料理をして食べることができる。

料理を食べると、体力が回復したり、攻撃力《こうげきりょく》が上がったりする。

今度のイベントの敵《てき》は少し強そうだったから、そのために便利な料理を作っておきたかった。

もちろん、ゲーム内の料理に味や匂《にお》い、食感はない。

(それって最高だよな)

ナルカミの世界でなら、ぼくはたくさんのメニューをいくらでも喜んで食べることができる。

ぼくは、林の中に生えているクラウドベリーをタップして、アイテムバッグの中に入れていく。

手が汚《よご》れることもない。

ふと、フレンドの画面を開いてみると、まりもがオンラインになっていた。つまり、今ちょうどゲームをしているということ。

ぼくは少しためらったけれど、思い切ってチャット欄《らん》に、

――何してる～？


と打ち込《こ》んだ。

返事を待つ時間のそわそわした気持ちをごまかすように、追加の食材を走りながら回収《かいしゅう》していく。

12個のクラウドベリーを集めたところで、チャット欄の通知に赤い丸が付いた。


――料理作ってた。キャビアってどこで取れるの？

チャンスだ、とぼくは思った。

――一緒《いっしょ》に集める？

――（ありがたい！　のスタンプ）

ぼくはまりもとマルチプレイ（一緒にプレイすること）を開始するボタンを押《お》した。

キャビアを集めるには、ちょっと強い敵《てき》を倒《たお》す必要がある。

ぼくはゲームのキャラをしっかり育てているから、戦いのことになると役に立てるんだ。

（よし、がんばるぞ）

まりもはぴょんぴょんと跳《と》びはねてぼくを迎《むか》えてくれた。

急にダッシュしたり、寄り道したり、間違《まちが》って穴《あな》に落ちていったり。

そういう動作を見ていると、くすっと笑ってしまう。

（一体、どんな人なんだろう……）

何度考えたかわからない疑問《ぎもん》が頭に浮《う》かぶ。

ヒントになるのは、普段《ふだん》のＳＮＳへの投稿《とうこう》だ。

――おやつうまい

そう書いて投稿されていた写真はスルメだった。

丁寧《ていねい》に、マヨネーズと七味が添《そ》えてあるやつ。

ぼくは同級生でスルメをおやつにしている人を知らない。

まりもは遠足のおやつもスルメにしていそうな勢いがあった。それくらい、おやつとして
スルメの写真を投稿していた。

さすがにお酒の話をしていることはなかったけど、それは年齢詐称《ねんれいさしょう》で隠《かく》しているだけかもしれない。

（あやしい）

それに、ナルカミのプレイヤーの年齢分布をこの前見て、少しぎょっとした。思っていたよりも高い年齢層が多かったのだ。

単純《たんじゅん》に確率だけ考えると、7割《わり》くらいのプレイヤーは20代以上らしい。

（十分ありうるか……）

性別も、写真にかわいいスタンプとかを貼《は》りつけたりしているから、女子かなと思っていたけれど、それも疑わしい。なぜなら、この前、そのイメージを覆《くつがえ》すような画像をまりもはアップしていたからだ。

――新しいスマホケース、最高だわ

まりもにとっての最高のスマホケースとやらは、超巨大《ちょうきょだい》なゴム製のゴツゴツした真っ黒いヤツだった。

とにかく頑丈《がんじょう》そうで、かわいさは皆無《かいむ》だった。

クラスの女子とかを見ていると、みんなキラキラしていたり、透明《とうめい》だったり、何かシールを貼《は》っていたりして、かわいい感じのものしかない。
（やっぱり、女子ではないのか……？）
ぼくには、ぼくの好きな人の正体が全く分からない。
分からないのに、好きになってしまっている。
それは、一体何を好きになっているのだろう？
恋人《こいびと》がいるのかどうかも分からない、年齢《ねんれい》も性別も正体不明の人物。
それなのにぼくはまりもと関《かか》われると、このうえなくうれしくなってしまう。

もし、まりもが男だったら……。
ぼくは怖《こわ》い。
だってきっとからかわれるから。
ぼくの周りの男子は、もちろんぼくも含《ふく》めて、人を好きな気持ちをからかう。
狩《か》りを遊びにするように、残酷《ざんこく》にそれをさらし上げて笑いものにする。
その生《い》け贄《にえ》を捧《ささ》げた者は、集団の一員として認《みと》められる。

十分に傷《きず》ついてはじめて、悪かったよ、とみんな微笑《ほほえ》みかける。

それがよいのか悪いのかは、ぼくには分からない。

でも、まだ、そのやり玉に挙げられるのは怖かった。

だから、万が一、まりもが男だったときのことを考えて、まりもにからかわれないように、ぼくは発言に気をつけてきた。けれど、態度の端々《はしばし》からそれが伝わってしまっていることはあるかもしれない。

ぼくがこれまでしてきた反応がスクショされたりしていて、まりもの男友だちに見せびらかされたりしたらぼくは死ねる。

きっと大丈夫《だいじょうぶ》、慎重《しんちょう》に話してきたから。

そう思いながら、自分のチャット画面を見ると、

——今日、楽しすぎた！　またいつでも手伝うから声かけて！　こっちはいつでもどこでも飛んでいくから！

という、ぼくの必死すぎるコメントが残されていた。

（あれ、全然慎重《しんちょう》じゃないじゃん……）

おでかけ

週末、ぼくは珍《めずら》しく外出した。

ゲームの世界以外にどこか遠くへ行ったりするなんてめんどくささしか感じないけれど、好きなキャラのグッズが手に入るならその限りではない。

ちょうど家からそう遠くない都市のイベントホールで、ナルカミの交流イベントが開催《かいさい》されるのだ。

目当ては、ぼくが使っているゲームキャラのアクリルキーホルダー。

……と、まりもがよく使っているキャラのも、ついでにひとつ。

実際に会って渡《わた》す、というつもりは全くないのだけれど、なんとなく、本当になんとなく買っておきたい気持ちになったのだ。

——ネットで知り合った人と実際に会ってはいけません

家でも学校でも何度も繰《く》り返し聞いた言葉。

その危険性《きけんせい》ももちろんぼくは分かっている。だから、ぼくは絶対にまりもに会うつもりはない。

そのことと、まりものために欲《ほ》しそうなものを買っておくことは、全く別のことなんだ。電車のボックス席に一人で座って、福豆の小パックを開けてかじりながら、窓《まど》の外を眺《なが》める。

田んぼに水が張られはじめていて、茶色い水面にきらきらの白い光が反射《はんしゃ》してまぶしい。泥《どろ》は嫌《きら》いだけど、その上の水面がぼくは好きだ。どんな人工物よりも完璧《かんぺき》な平らで、隙間《すきま》がない。そのことにとても安心する。

ぼくがまりもと出会ったのも、水がきっかけだった。

ナルカミの世界にはきれいな水がたくさんある。森の中の湖だったり、洞窟《どうくつ》の中の蛍《ほたる》の光に照らされる湧《わ》き水だったり。

ぼくはゲーム内の美しい景色が好きで、自分のキャラがその風景の中にいる様子を、ゲーム内のカメラアイテムを使ってよく撮影《さつえい》していた。そして、よいのが撮《と》れたときにはそれをSNSにアップした。

そういう人はナルカミプレーヤーには多くて、『ナルカミ写真部』というハッシュタグを使って写真を共有している。

ぼくはある日、自分と全《まった》く同じ場所、同じアングルで撮っている写真を見つけた。それを投稿《とうこう》していたのが、まりもだった。

ぼくはまりもの投稿に「いいね」を押《お》し、まりももぼくの写真にいいねを返してくれた。それから、少しずつお互《たが》いの写真にコメントをするようになって、ぼくらの交流は始まった。


イベント会場は熱気に包まれていた。

そう、熱気。

ぼくの苦手なもの。

みんなの吐《は》いた息や、汗《あせ》が蒸発《じょうはつ》したものや、身体《からだ》に付着したものが含《ふく》まれた、まとわりつくような熱気。

思っていた以上に年齢層《ねんれいそう》の高い客層に少し怖《お》じ気づきながら、ぼくは軽く息を止めて、目当ての販売《はんばい》コーナーにまっすぐに向かった。

(あれだ)

スチール製のメッシュパネルにゲームのキャラのアクリルキーホルダーがところ狭《せま》しとぶら下がっている。

ここでしか買えない限定品だから、人だかりができていて、肩《かた》やつま先がぶつかる。

ぼくは身をかがめて、人混みの隙間《すきま》からキーホルダーを覗《のぞ》き見た。

人気のキャラは早くも残り少なくなっていて、逆に人気のないキャラのものはぎゅうぎゅうに引っかけられていた。

ぼくは素早く目を滑《すべ》らせ、目当てのキャラを探《さが》す。

(あった！)

くないを使って戦う少年のキャラクター。まりもの推《お》しキャラだ。かなり人気があるようで、もう最後の一個しか残っていない。

ぼくはあわててそれを手に取った。

(よかった)

あ、という声が背後《はいご》で聞こえた気がしたけれど、もう遅《おそ》い。ぼくの勝ちだ。ぼくはキーホルダーをぎゅっと握《にぎ》りしめた。

それから、自分の推《お》しキャラのキーホルダー。こちらも無事に手に入れる。残りがたくさんあったのがちょっと気に食わなかったけれど。

「袋《ふくろ》は一緒《いっしょ》でいいですか?」

レジの人に聞かれて、ぼくは一瞬《いっしゅん》考えた。

「あの、別々でお願いします」

ぼくは二つの小さな紙袋をコートのポケットに突《つ》っ込《こ》んだ。福豆のパックと同じくらいの小さなものだけれど、その内のひとつには命のような熱さがこもっている気がした。

会場には、ゲームキャラと一緒に写真を撮《と》れるパネルや、声優《せいゆう》さんのトークショー、ゲームのお試しプレイができる場所や、資料コーナーなんかがあった。

暑苦しいのは嫌《いや》だったから一刻《いっこく》も早くこの場から去りたかったけれど、わざわざ電車代をかけて来たしな、と思ってひと通りのコーナーを見て回った。

本心を言うと、まりもが来てたりしないかな、と少し期待していた。まりもの顔は知らないから、見たところで分かるはずはないんだけれど、何かびびっとくるものを感じる人がいるかもしれないな、という意味のない自信みたいなものがあった。

でも、もちろんそんな相手に出会えるはずもなく、ぼくは何の感想も得ることなく、ただ暑苦しい会場を一周し終えた。

(もう帰るか)

会場の出口では、スマホを開いてゲームをしている人がたくさんいた。

気持ちが分かる。

リアルな世界に触《ふ》れすぎると、ゲームの世界で息継《いきつ》ぎしたくてしょうがなくなるのだ。

ぼくも軽くログインしようかな、と思っていたら、その中の一人のスマホにぼくの目が留まった。

見覚えのあるスマホケース。

黒いゴム製のゴツゴツした、無骨《ぶこつ》なやつ。

（間違いない……）

ぼくはどきどきしながら、ゆっくりとその持ち主の姿《すがた》を見た。

白いシンプルなTシャツを着て、髪《かみ》をポニーテールに束ねている。黒いキャップを目深《まぶか》に被《かぶ》っていて、顔は見えない。

ぼくはじっと見つめる。ぼくの視線《しせん》に気付いたのか、その人は顔を上げた。

目が合う。

視線と視線がぶつかり合う。一瞬《いっしゅん》の間をおいて、ぼくはその顔を認識《にんしき》した。

目尻《めじり》にシワの刻《きざ》まれたおじさんの顔。

ぼくらはしばらく見つめ合ったあと、何事もなかったように、お互《たが》い目線をそらした。

会場の様子は先ほどまでと何も変わっていない。変わっていないのだ。でも、なぜだか、ぼくはがっかりして力が抜《ぬ》けてしまった。

（まあ、そうだよね）

別に期待していたつもりはなかったのに、ぼくはぼくの中で無意識に何かを願ってしまっていたみたいだ。

ネット上で出会った人に会う、というのはこういうことだ。素性がわからないから、中学生だと思っていても、大人が出てくることがある。もしそれが悪人だったりしたら、ぼくたち中学生は力でかなわない。取り返しのつかないことになる可能性だってある。

ぼくは会わなくてよかった、と息をついて、その場から去ることにした。

ポケットの中のキーホルダーが、なんだか急にどうでもよく思えてくる。

が、そのとき、おじさんが突然《とつぜん》、鞄《かばん》からタオルを取り出した。

ナルカミのタオルだ。

そのタオルに描《えが》かれていたのは、少女のキャラで、まりもの推《お》しキャラではなかった。むしろ、「実はこのキャラ、ちょっと苦手なんだよね〜。あ、ほかの人には内緒《ないしょ》にしてね。争いが起こるから」と言っていたキャラだった。

(別人だ……!)

ぼくは風船がしぼむように、息を吐《は》いた。

おじさんに注がれていた視線《しせん》がゆるみ、視界が広がる。

そのおかげで、ぼくの目はもうひとつ、全く同じスマホケースを捕《と》らえた。

(え？　そんなことある？)

今度は、自然と持ち主に目が行く。

ぼくと同い年ぐらいの女の子だった。

少しうつむいていて、長い前髪《まえがみ》がかかっているので、顔はよく見えない。

ぼくはドクドクという自分の鼓動《こどう》を聞きながら、ゆっくりとその女の子の背後《はいご》に移動した。

遠目に画面を覗《のぞ》き見る。

中央に映し出されているのは、見覚えのある少年キャラ。

(まさか……)

ぼくは壁《かべ》によりかかってスマホを取り出し、ナルカミにログインしてみる。

すぐさまフレンドの状況《じょうきょう》を確認《かくにん》。

まりもは……、ログイン中になっている。

(……!!)

どうする？

声をかける？　かけない？

ゲームの中でチャットで声をかけてみる？

でも、もし、本当にまりもだったら……？

それは困《こま》る！

面と向かって話すことなんて絶対にできない！

ぼくが頭の中でごちゃごちゃ考えていると、まりもがオフラインになった。

見ると、目の前の少女もスマホをしまって会場から出ようとしている。

どうしよう！

ぼくはどうするか決められないまま、スマホをしまい、その少女のあとを追いかけた。

少女は一人で歩いて行く。

駅に続くビル街の中、背筋《せすじ》を伸《の》ばして。ゆっくりと、お金持ちに飼われている猫《ねこ》が歩くように。

駅に着いてしまったらぼくは話しかけられないだろう。
人がたくさんいるところで、みんなの視線《しせん》を浴びながらそういうことができるとは思えない。

かと言って、今声をかけられるかといったら、そういうわけでもない。
心臓《しんぞう》がバクバクいってしまって、頭が沸騰《ふっとう》してくる。
後ろからついていくぼくはまるでストーカーだ。
だんだんと罪悪感が大きくなってくる。
会場から二軒目《けんめ》のコンビニの前を通り過ぎる。もうこんなところまで来てしまった。
もう、会場で偶然《ぐうぜん》出会ったというふうに思ってもらうには、離《はな》れすぎている。
(やめよう)
オンライン上での関係がぼくにはちょうどいい。
味もないし、匂《にお》いもない。べとつかないさらっとした距離感《きょりかん》。
ぼくの脳《のう》はさっきからの熱でオーバーヒートして、真っ白になっていた。
何も言えず、何もできず。

なんなら歩行という2歳児《さいじ》のときにもできたことができなくなってしまって、ぼくは盛大《せいだい》にこけた。

バチャ！

転んだ拍子《ひょうし》に、手に持っていたスマホが水たまりにダイブする。

水たまりの底には泥《どろ》が沈《しず》んでいて、それがスマホについてしまう。

（最悪だ）

「あの、大丈夫《だいじょうぶ》ですか？」

誰《だれ》か優《やさ》しい人が声かけてくれた。

ぼくはその人の顔を見ずに、「大丈夫です！」と言って立ち上がる。

はずかしい。

スマホは汚《きたな》い水の中で光って、汚《けが》れのないナルカミの世界を映《うつ》し出していた。さっきあわてていたから、画面をオフにするのを忘《わす》れていたんだ。

ぼくはそれを拾って握《にぎ》りしめ、足早に立ち去る。

「白雪《しらゆき》？」

ふり返ると、さっきの少女が立ってぼくを見ていた。

「あ、ごめんなさい。スマホの画面見えちゃって。そこに映《うつ》ってるの、わたしのフレンドのお気に入りのキャラだったから」

「まりも？」

それを聞いてその少女は目をまん丸くした。

「え、やっぱり白雪《しらゆき》なの？　え、なんで!?」

「うん、あの、えっと、あの……」

うわ、まじか。

この見た目はない。

やばいって。

……今まで会った誰《だれ》よりもシンプルな顔立ち。全く怖《こわ》くない。

奥二重《おくぶたえ》で、まつげもうすい。肌《はだ》は白くてつるっとしている。

全体的にコントラストのないさっぱりした目鼻立ち。

ほかの人はかわいいと言わないかもしれない。けれど、ぼくはこの顔が好きだ。

でも、好きすぎるのは困《こま》るんだ。

ぼくの脳《のう》がパンクしてしまう。

目の前の少女はあわてる様子もなく、まるで日常のような自然な笑顔で話を続ける。

「もしかして、白雪もイベント来てた？　わたしもアクキー買いに来たんだよね。でも、聞いて！　推《お》しのキーホルダー売り切れてたの。せっかく来たのに残念すぎると思わない？」

「あ、うん」

そこで、ぼくはそうだ！　と思った。

稲妻《いなずま》のように頭の中をほとばしるひらめき！

さっき買ったやつあげればいいじゃん！

「これ、あげる！　じゃ、帰らないとやばいから！」

ぼくはポケットに突《つ》っ込《こ》んであった包みをまりもに押《お》しつけて、駅まで走った。

やった、やった、あげられた！

やっぱり買っておいてよかった！

が、その直後、ぼくは電車にかけこんで青ざめた。

なぜなら、ポケットにはまだキーホルダーが入っていたから。

電車のドアが閉《し》まる。

ぼくは思い出してみる。ポケットに入っていたものを。

それは、福豆だった。

（最悪だ……。謎《なぞ》に福豆をあげて走って逃《に》げたやつになってしまった……）

左手に握《にぎ》ったスマホにざりざりとした感触《かんしょく》を感じて、ぼくは泥《どろ》がついていることを思い出した。

おかえし

あれから3日。ぼくはナルカミにログインできないでいた。

まりもに直《じか》に会うことができた。しかも、めちゃくちゃかわいかった。

だからこそ、最悪だった。

ぼくの態度はよくなかったし、福豆事件もある。まりものことを考えると、気持ち悪くなるようになってしまった。

会っても何を話したらいいかわからない。でも、今まで一緒《いっしょ》に遊んでいたのに、急に遊ばなくなるというのも不自然な気がした。

（もしかしたら、逆に心配させて迷惑《めいわく》かけているかも……）

それはしたくない。

このゲームはフレンドに、いつログインしたかが分かるようになっている。もし、まりもがぼくの状態を見て、数日ログインしていないことに気付いたらきっと何か思うだろう。

それはそれで嫌《いや》だった。

ぼくはうじうじしているやつだけど、うじうじしていると思われるのは嫌だ。

でも、それならなぜ、まりもはぼくに何も言ってこないんだろう？

ぼくのことなんてやっぱりどうでもいいんだろうか。

すると、身勝手な怒《いか》りが湧《わ》いてくる。

心配しろよ、ぼくのこと。なんで何も言ってこないんだ？

いや、そうじゃないだろ……、と自分に突《つ》っ込《こ》みたくなるが、考えはずっと同じところを行ったり来たりするだけだ。

（状況《じょうきょう》だけでも確認《かくにん》してみよう。ゲームのチャットに何かメッセージが来てるかもしれないし）

ぼくはナルカミにログインした。

ログインしてぼくのキャラクターが最初に現れたのは、美しい湖水の中にある島だった。

まりもと二人で宝箱《たからばこ》を取って、喜び合ったところだ。

（よりによってこんな場所に出るなんて）

チャット欄《らん》に新しいメッセージはない。

ぼくは（やっぱりな）と心の中でつぶやきつつ、重い息を吐《は》いた。

それから、ぼくはフレンドの画面を開いて、まりもの状態をチェックする。

——最終ログイン3日前

体温がひゅっと下がる。

こんなこと今までなかったのに……。

心配させて迷惑《めいわく》をかけてしまう以前の問題だった。彼女はもうナルカミから離《はな》れてしまっていた。

ゲームでつながったぼくたちは、どちらかがそのゲームから去ってしまったら、それだけで関係が切れてしまう。連絡先《れんらくさき》を知っていても、同じゲームをやっていないと共通の話題がなくなる。すると、だんだん話す回数が減る。いつのまにか、全く話さなくなる。

「ははは」

思わず声に出して笑ってしまう。

心当たりはある。ぼくが気持ち悪かったからだ。

あの直接会ったとき、もっと一緒《いっしょ》にいたいと思ってしまったし、もっと目を合わせたいと思ってしまった。

もっと話が盛《も》り上がりたかった。

もっと近くに寄りたかった。

密《ひそ》かに、しっとりとした汗《あせ》のにおいを感じてしまっていた。とても生命に満ちていて、ぼくが苦手なもののはずなのに、不思議と嫌《いや》じゃなかった。

泥《どろ》だらけでそんなことを考えていたぼくは、きっと気持ち悪く見えたことだろう。

だから、まりもはぼくから離《はな》れたんだ。

(こんなことなら、会えない方がよかったな)

ぼくはナルカミの世界で一人、あてもなくふらふらとさまよった。

初めて見たときには心が躍《おど》った湖水の景色も、天に届《とど》きそうなほど高い山も、思わず息を止めてしまうような地獄《じごく》のマグマも、何も感じなくなっていた。

(全部、まりもと一緒《いっしょ》に冒険《ぼうけん》した場所だ)

ぼくが操作《そうさ》をミスってまりもを死なせてしまった洞窟《どうくつ》。

まりもがはまりこんで出られなくなった崖。

二人で買い物をしているふうの写真を撮《と》った屋台。

そして、ここはどこだっけ。

たしか、二人で……

――ワールド加入申請《しんせい》が来ました

承認《しょうにん》すると、そこに少年のキャラクターが現れて、ぴょんぴょんぴょんと、三回飛び跳《は》ねた。

（まりもだ……！）

――おっす、ひさしぶり～。あれ、ここあれじゃん。二人で初めてめっちゃ強いボス倒《たお》したところ！

（覚えててくれた……）

――思い出の場所巡《めぐ》りしてた

――へ～

まりもはいつもと変わらない様子だ。

ぼくの身体《からだ》にパンパンに詰《つ》まっていた空気が抜《ぬ》けて、代わりに押《お》し込《こ》めていた熱い気持ちが湧《わ》いてくる。

――どうしてこんなにログインしなかったんだよ！！！

思わず語気が強くなってしまう。

――あ、さびしかった？　ごめんごめん。修学旅行でさ。スマホ禁止だった。

なんだよ～と、ぼくは気が抜けたようになる。

――ねえねえ、あれから福豆ちょっとハマっちゃってさ。アレンジしてみたんだよね。SNSにアップするから見てみてよ

――おけ

ぼくはほっとしたような、興奮《こうふん》したような気持ちでナルカミを閉《と》じた。まだ終わってなかった。福豆、気に入ってくれたんだ。

――てか、こっちの方が早いから送るね。福豆のビターチョコレートがけ！

まりもからLINEが送られてきて、そこには黒いつぶつぶが映《うつ》っていた。

ぼくにはそれが、あの日スマホを落とした水たまりの泥《どろ》に見えてしまう。ネットの仮想世界にはない、現実の命に満ちた、匂《にお》いや、細胞《さいぼう》や、人の気持ちが混ざったもの。

——福豆好きってことはさ、もしかしたら甘《あま》いのが苦手なのかなって思ったんだよね。ビターチョコだから、チョコだけどそんなに甘くないよ！　作るの難《むずか》しそうだったら今度作ったやつあげよっか。たぶん住んでるところ近いよね？

（めちゃくちゃ優《やさ》しいな、でも……）

約束をしてまりもに会うことも、味のついた福豆を食べることも、想像しただけで頭が追いつかなくなる。きっと、また失敗してしまう。

ビターチョコの味はぼくには甘すぎるし、苦すぎるんだ。

そうだと、分かっているのに。

ぼくは、それを味わってみたいと思ったんだ。

ミレーの夕日

清水晴木

HARUKI SHIMIZU

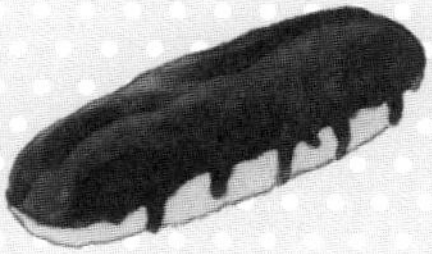

「玄関《げんかん》の掃除《そうじ》、終わりました」

工房《こうぼう》の入り口の掃《は》き掃除を終えてから、椅子《いす》に座《すわ》っていたおじいさんに向かって言った。

僕《ぼく》の言葉におじいさんは、作業していた手を止めて振《ふ》り返る。

「そうか、そしたら次は机《つくえ》の上を片《かた》しておいてくれ」

そう言ってまたおじいさんは、作業に戻《もど》る。

おじいさんの目の前には、絵を描《えが》くためのキャンバスがあった。その隣《となり》には色とりどりの油絵の具が載《の》せられたパレット。それに使い古された筆がいくつかある。

「はい」

僕は返事をして、棚《たな》の上に置いてあったふきんを手に取ってから、言われた机の前に向かう。

掃除用具がどこにあるのかも、どういうふうに掃除をすればいいのかも、もう充分《じゅうぶん》よくわかっていた。

この夏休み、この工房へは毎日のように来ているのだ。

といっても実を言うと、ある罰《ばつ》のせいで掃除の手伝いをさせられているのである。

そしてその罰を受けることになったのは、ある一枚《まい》の絵のせいだ。

いや、一人の女の子のせいといってもいいかもしれない。

彼女は、その絵の中にいた。

「……ミレー」

その壁《かべ》にかけられた絵に再び視線《しせん》を奪《うば》われたあと、僕は慌《あわ》てて机の上を拭《ふ》きはじめる。


『ミレーの夕日』というタイトルのつけられたその絵は、僕にとって特別なものだった。

もともと、そんなに絵に興味があったわけではない。自分で描くのも得意な方ではないし、ましてや絵画なんてものは、見たこと自体ほとんどなかった。

その一枚の絵と出会ったのは、夏休みが八月に入ってすぐのことだ。僕はおじいちゃんおばあちゃんの家がある、千葉の九十九里《くじゅうくり》に来ていた。

こっちには友達がいるわけではない。だから遊ぶとしたら、一人で出かけて歩くくらいしか選択肢《せんたくし》がなかった。

でもここは僕《ぼく》の住んでいる街よりも、歩いていて気持ちがいい。自然が多くて、立ち止ってあたりを見渡《みわた》したくなるし、何より深呼吸《しんこきゅう》のときの空気がおいしく感じた。

そんなときに見つけたのが、多くの木々に囲まれた工房《こうぼう》だった。

そこにおじいさんがいた。そのときは、近くの公民館で開かれる小さな個展《こてん》の準備のために、絵を何枚《なんまい》か運んで外に持ち出していたのだ。

——その中に『ミレーの夕日』があった。

窓際《まどぎわ》の席に一人たたずむ、夕日のようなオレンジと、金色の混じった明るい髪《かみ》の色をした女の子。その美しく長い髪は、真ん中のあたりで青いリボンに留《と》められている。そしてタイトルの通り、窓から差し込《こ》む夕日が、彼女を照らしていた。そこでたたずむ彼女は微笑《ほほえ》んでいるようにも、どこか切なそうにしているようにも見える。

僕はその絵を見た瞬間《しゅんかん》に、胸《むね》の奥《おく》がどくんっと揺《ゆ》れるのを感じた。

「……」

心臓《しんぞう》が揺れたのだろうか。大きく動いたあとは、どきどきと規則正しく、でもどんどんペースを速めて音を立てた。

「………」

気付けば僕は、その絵の目の前に立っていた。

足が勝手に動いていた感覚だった。

今度は、手が勝手に動いた。

僕の右手が徐々《じょじょ》にその絵に迫《せま》る。

絵が近づく。

そして僕の指先が、彼女に触《ふ》れる――。

「何をやっているんだっ！」

その声を聞いた瞬間《しゅんかん》、びくんっと動いてしまった。

「あっ……」

手が額縁《がくぶち》に触《ふ》れて、装飾《そうしょく》がほんの一部剝《は》がれてしまう。

「ご、ごめんなさ……」

「どこの子だ、君は……」

声をあげたのはおじいさんだった。急に声をかけて失敗したと、思ったようだ。

最初の声のトーンから、ほんの少しだけ柔《やわ》らかな口調になった。

「やれやれ、やってくれたな……」

おじいさんが、装飾の剝がれた額縁の部分に触れながら、うんざりした口調で言った。

「あの、本当にごめんなさい……」

こんなふうに、絵を壊《こわ》すつもりなんて、全くなかった。だからすぐに謝った。しかし、おじいさんから返ってきた言葉は、意外なものだった。

「少年、いくら持ってる？」

「えっ？」

「額縁って結構お金がかかるんだよ、絵は描《えが》けても、これだけは私も作れないからなあ」

「あ、あのその……」

僕が困《こま》った顔をしていると、おじいさんがひとつ息を吐《は》いてから言った。

「……冗談《じょうだん》だよ、子どもにそんな請求《せいきゅう》するもんか」

おじいさんは、再び壁《かべ》にかけられた絵の額縁に触れる。

「そ、そうですか……」

「代わりに大人には請求するけどな」

「えっ」

「君への罰《ばつ》は、お父さんお母さんと話し合って決めるとしよう」

「……」

そういうわけで、お父さんお母さんが、おじいさんと話し合って決まったのが、僕が工房《こうぼう》に行って、おじいさんの手伝いをするということだった。

僕はその決定を何の迷いもなく受け入れた。ただし、罰を受けなければいけないと、反省していたからではない。

ただ、嬉《うれ》しかった。
だって、ここへ来れば、またあの絵を見られるのだから。

『ミレーの夕日』

この夏休み、もう何度も見ているはずなのに、僕《ぼく》は彼女を見るたびに、胸《むね》の奥《おく》がどくんっと揺《ゆ》れるのを感じた。
それは僕にとって、初めての感覚だった――。

「瀬戸《せと》くん、君はなかなか勤勉《きんべん》だな」
「きんべん……」
「真面目《まじめ》ってことだよ、こんなにもちゃんと毎日、手伝いに来てくれるなんて思わなかったからな」

おじいさんはいつの間にか、僕のことを名前で呼《よ》ぶようになった。

でも毎日真面目に来ていたのは、ミレーの夕日の絵があるからだ。それにもともとそんなに目的もなく、うだうだと夏休みを過ごしていたせいもあった。

そのことは両親も知っていたから、手伝いをして過ごすのならと乗り気なところもあったのだろう。それにおじいさんは、もともと僕のおじいちゃんとも知り合いだったみたいで、話もとんとん拍子《ひょうし》に進んだのだ。

つまり最初こそ罰《ばつ》という形だったけど、みんなにとって悪くないものだった。

だからこそ僕自身も、こうやって毎日おじいさんの工房《こうぼう》に来ているのである。

「そんな瀬戸くんに、今日は少しよい話を教えてあげよう」

「よい話、ですか……？」

「ああ、君の好きなあの絵に関する話だ」

具体的に名前をあげなかったけれど、『ミレーの夕日』の話だとすぐにわかった。

「あの絵の女の子、ミレーには実在のモデルがいるんだよ。それも私の孫《まご》、美玲《みれい》という子でね、しかも瀬戸くんと同い年の小学五年生、十一歳《さい》だよ」

「僕《ぼく》と同い年の女の子……」

知らなかった。そして驚《おどろ》きだった。

正直、モデルがいるかもしれないのは、少し想像していた。というのもあの絵に描《えが》かれていたのは、この工房《こうぼう》の窓《まど》から見える風景だったから。

でもそれがおじいさんの孫《まご》で、そして僕と同い年の女の子だなんて思ってもみなかった……。

「美玲《みれい》……」

そのことを知った瞬間《しゅんかん》に、胸《むね》の奥《おく》がまたどくんっと音を立てるのがわかった。

そしてその後のおじいさんの言葉を聞いて、鼓動《こどう》がもっと速くなることになる。

「それで美玲がね、明日から夏休みの帰省で、この工房にやってくるんだ。よかったら瀬戸《せと》くんも会ってみるかい？」

「えっ……」

おじいさんは、笑って言葉を続ける。

「美玲は瀬戸くんと同い年だし、こっちには友達もいないから、お互《たが》いに仲良くしてくれれば私としても嬉《うれ》しいよ」

「……」

おじいさんの笑顔に反して、僕はその言葉にうまく答えられなかった。

体が固まってしまって、頭の中もうまく回らなくなる気がした。

でも、胸の奥だけが大きく揺《ゆ》れ動いている。

どくんっ、どくんっと——。

「どうしよう……」

お風呂《ふろ》の中で、顔を浴槽《よくそう》に沈《しず》めてから浮《う》きあがったあとで、小さな声でつぶやく。

明日、美玲に会ったほうがいいのか、会わないほうがいいのか、ずっと悩《なや》んでいた。

だって、あのミレーの夕日のモデルとなった人物に会うことになるのだ——。

実際のミレーに会うわけではない。

だけど、僕《ぼく》にとっては、絵の中から出てきたミレーと本当に会うような感覚だった。
正直言って怖《こわ》い。
絵の中のミレーを、一方的に見つめているだけなら、そんな感覚はなかった。
ただ、実際に会うとなったら話は違《ちが》う。
——会いたいけど会いたくない。
そんな不思議な感覚が、浴槽《よくそう》の中のお湯のように、僕の体を覆《おお》っている。
「ああ、もう……」
浴槽から出て、洗面《せんめん》おけを使って頭から勢いよくお湯をかぶる。
そうやっても、この感覚がなくなることはなかった。
ずっと頭の中に考えごとがある感じだ。
そして胸《むね》の中にもやもやとした雲のようなものが溜《た》まっている。
「……」
また胸の奥《おく》が、どくんっと揺《ゆ》れる。
この揺れの正体は、なんなのだろうか。

こんな感覚初めてだから、その答えが僕にはわからない。

でももしも明日、美玲《みれい》に会ったら答えが出るのだろうか。

だとしたら僕は――。


「……ふぅ」

翌日《よくじつ》、僕はおじいさんの工房《こうぼう》に来ていた。深呼吸《しんこきゅう》をするわけでもないのに、大きく息を吐《は》いた。自分の心を落ち着かせるためだ。

「よし……っ」

ここへ来た理由はひとつ。

この胸の奥の揺れが何なのか、確かめたかった。

ここへ来て、美玲に会えば、その答えが出ると思ったから。

「美玲ももうすぐ来るころだから、今日は掃除《そうじ》をしないで待っていていいよ」

「……はい、わかりました」

おじいさんに言われて、空いていた椅子《いす》に座《すわ》る。心なしか、おじいさんの様子も、上機嫌《じょうきげん》に見えた。久しぶりに孫《まご》に会えるのが、嬉《うれ》しいのだろう。でも僕《ぼく》はおじいさんと違《ちが》って、そんなプラスの感情だけがあるわけではない。

「……」

美玲《みれい》がもうすぐ来る――。

そのことを考えるだけで、胸《むね》の奥《おく》の揺《ゆ》れが一気に強まる気がした。

実際その揺れは、ここへきて今までで一番のピークに達している。

その分、体のほかの箇所《かしょ》は、うまく動かなくなった。足は床《ゆか》に張《は》りついてしまったかのようだ。頭だってぼうっとしている。美玲が目の前に現れるということに、まだ頭の中が追いついていないようだった。

「ミレー……」

視界《しかい》の端《はし》でとらえたのは、壁《かべ》にかかっていたミレーの夕日だ。

彼女は今日も、そこにたたずんでいる。

窓《まど》の外はまだ昼間。

夕日には程遠い。

まるで絵の中だけ、時間が異《こと》なって進んでいるかのようだ。

美玲がやってくる。

ミレーに会える――。

――そのとき、工房《こうぼう》のドアが開いた。

「――おじいちゃん、久しぶりね」

ドアを開けた女の子が、おじいさんに向かってそう言った。

「美玲、よく来たね」

おじいさんも、笑顔で迎《むか》えた。

美玲だ。

そうおじいさんが呼《よ》ばなくても、僕にもすぐにわかった。ほんのり明るい髪《かみ》の色に、その長い髪を留《と》めたリボン。外国のお人形さんのようなバランスのとれた美しい顔立ち。彼女は絵の中のミレーそっくりだったのだ――。

「この男の子が、前に言ってた瀬戸《せと》くんって子？」

僕《ぼく》を一度見てから言ったミレーの言葉に、おじいさんが答える。

「ああ、そうだよ。瀬戸くんも美玲《みれい》と会えて嬉《うれ》しいだろう。君はあの絵がとても好きなんだからな」

「……はい」

僕が一言だけそう答えると、美玲はほんの少し困《こま》ったように笑って言った。

「なんだか緊張《きんちょう》しているみたいね」

美玲が観察するように、僕のことを見つめる。僕は、その視線《しせん》を外した。

それからゆっくりと、自分の胸《むね》に手のひらを当てる。

美玲と出会ってから起きた体の中の変化に、驚《おどろ》いていた。

「……」

胸の奥《おく》の揺《ゆ》れは、静かにおさまっていたのだ――。

どうしてだろう。

自分でもよくわからなかった。勝手な予想だけど、自分としても、美玲と会ったらもっと胸の奥の揺れが、大きくなると思っていた。

それなのに実際会ったら、完全におさまってしまったのだ。

全く予想していなかった状況《じょうきょう》に、僕自身戸惑《とまど》っていた。だから美玲の言葉に、うまく返すことができなかったのだ。

「全然喋《しゃべ》らないのね、おじいちゃんの話を聞いていると、私にとても会いたがっていると思ったのに」

「いや、その……」

美玲は少しだけ不満そうに言って、テーブルの前に置かれた椅子《いす》に座《すわ》った。

「瀬戸くんも緊張しているんだよ。美玲が絵の中の女の子そっくりで美人だから」

おじいさんが、フォローするように、そう言ってくれた。それでほんの少し、美玲の機嫌《きげん》もよくなったようだ。そして畳《たた》み掛《か》けるように、おじいさんはあるものを持ってきてくれた。

「ほら、今日はエクレアを買ってきたから二人でお食べ」

「私エクレア大好き！」

「美玲が大好きだから買っておいたんだよ」

タイミングはバッチリだったみたいだ。それにエクレアを用意していたおじいさんも、いつも見せないような甘《あま》い笑顔をしていた。

「おいしい！」

美玲《みれい》がひと口食べてすぐにそう言って、僕《ぼく》も遅《おく》れて食べはじめた。

「……おいしい」

確かにそう思った。

僕もエクレアは大好きだ。

でもなぜだろう。いつも食べているエクレアとは、違《ちが》う味がする気がした。

翌日《よくじつ》、僕がまた工房《こうぼう》を訪《たず》ねると、そこには美玲がいた。

「また今日も来たのね」

美玲はどこか不満そうな顔をしていた。昨日からの僕のリアクションに、納得《なっとく》いっていないようだった。

「ねえ、写真を撮《と》ってよ」

美玲はそう言って、ある場所を指差した。窓際《まどぎわ》の机《つくえ》と椅子《いす》が置いてあるところだ。

「……」

そこは構図的に考えても、ミレーの夕日が描《えが》かれた場所に違いなかった。

「私はここに座《すわ》るから、そっちから撮って。ほら、カメラはこれ使っていいから」

美玲も、そのことをわかっているようだった。絵を描いていたときに、おじいさんがいたであろう場所を、僕に指し示す。

僕はその言葉に従《したが》って、彼女からカメラを受け取った。

「……じゃあ、撮るよ」

「うん、いつでもどうぞ」

そう言った瞬間《しゅんかん》に、美玲の表情がさっきまでと変わる。

絵の中のミレーのような、微笑《ほほえ》んでいるような切ないような顔に――。

「撮れた?」

「うん、撮《と》れた」

「本当だ、よく撮れてるじゃない」

僕《ぼく》が撮った写真を見て、美玲《みれい》はそう言った。

僕も同じように思った。ちゃんとしたカメラで写真を撮るなんて初めてだったけど、想像以上にうまくいった。

何度もおじいさんの描《えが》いた、ミレーの夕日を見ていたからかもしれない。同じような構図で、撮ることを心がけたのだ。

「……」

ただ、そこまで同じ状況《じょうきょう》を作り出しても、僕の胸《むね》の中に、変化が起こることはなかった。

そして美玲《みれい》も何か僕がリアクションを取ることを期待していたようで、また不満そうな顔に戻《もど》ってしまった。

そこで昨日と同じように、すかさず反応したのは、おじいさんだった。

「今日もまたエクレアがあるよ」

おじいさんがそう言ってから、僕を美玲の向かいの席に誘導《ゆうどう》する。

フォローも、差し入れのおやつも、昨日と一緒《いっしょ》だけど、座《すわ》る位置だけは、昨日とは少し違《ちが》う。

そしておじいさんが、エクレアを机《つくえ》の上に置いてから、ある質問をした。

「そういえば、瀬戸《せと》くんはエクレアの名前の由来を知っているかい？」

「……いえ、知らないです」

思いがけない質問に、僕はすぐにそう答えた。

するとおじいさんが、柔《やわ》らかな口調で答えを教えてくれる。

「エクレアは、フランス語のエクレールからの外来語で、元は『稲妻《いなずま》』を意味しているんだ」

「稲妻……」

「うん、あの雷《かみなり》のだね。中のクリームが飛び出さないように、稲妻のように素早く食べなければいけないとか、シューの生地に入った亀裂《きれつ》が雷のように見えるからとか、いろいろ言われているみたいだけどね」

「そうなんですね……」

そう言われてから、目の前のエクレアを眺《なが》める。確かに、ひび割れたような亀裂は、雷のように見えないこともなかった。

「こんなおいしいものを、稲妻《いなずま》のように素早く食べるなんて、そんなもったいないことするわけないじゃない」

美玲《みれい》はそう言ってから、ゆっくりとひと口をほおばる。それから昨日と同じように、幸せそうな顔を見せた。

僕《ぼく》もその表情につられて、エクレアを食べはじめる。

そのタイミングで、おじいさんは、またあることを言った。

「瀬戸《せと》くんは、初めてミレーの夕日を見たとき、雷《かみなり》に打たれたような気分だったんじゃないかな」

「えっ」

「人は衝撃的《しょうげきてき》なことがあったときとか、恋《こい》に落ちたときとか、雷に打たれたようと表現することがあるだろう。瀬戸くんも、そのエクレアのように、もしかしたらそうだったんじゃないかなって」

「僕も……」

エクレアを見てから、目の前の美玲に視線《しせん》を移して、それから壁《かべ》にかけられたミレーの夕日を見つめる。

その瞬間《しゅんかん》に、小さな雷が体の中を走ったように、胸《むね》の奥《おく》が揺《ゆ》れた。

「僕は……」

目の前の美玲ではなく、絵の中のミレーを好きになっている――。

「……」

僕はおじいさんの言葉に答えないまま、目の前のエクレアを食べることもせず、ただただ、壁《かべ》にかけられた一枚《まい》の絵を見つめた。


『ミレーの夕日』を見つめていた。

おじいさんの言う通り、この絵は僕にとって、本当に特別なものなんだと思う。

確かに初めて見たとき、雷に打たれたようだった。

おじいさんのほかの絵も見たけど、僕《ぼく》の中に特別な感情が湧《わ》いたのは、この絵だけだ。

そして今でも、この絵の前に立つと、胸《むね》の奥《おく》がどくんっと揺《ゆ》れてしまう。

同年代で、話したり一緒《いっしょ》に笑ったりできるはずの美玲といるときには、起こらない感情だった。

僕はその事実に戸惑《とまど》っていた。これっておかしいことなんじゃないだろうか。

僕は現実の女の子よりも、絵の中の女の子を好きになっている。

こんなの、僕だけではないのだろうか。

「美玲がいないとまた、急に静かになった気がするね」

「おじいさん……」

美玲は既《すで》に千葉を離《はな》れていた。今度は両親と海外へ旅行に行くみたいだ。

僕たちはあれから何度か一緒の時間を過ごして、工房《こうぼう》を出て一緒に出かけたこともあった。

美玲はおしゃべりな子なので、どちらかというと話を聞いている方が好きな僕としては、一緒にいて居心地がよかった。

最終日には連絡先《れんらくさき》も交換《こうかん》して、また来年会えるといいねと言って、さよならをした。

そして僕はまた一人、工房に来ている。

でも僕にとっても、今日がここを離《はな》れる日だった。

明日からは、お父さんの実家に行くことになるのだ。

だからこそ今日が、こうしてミレーの夕日を見られる最後の日だった——。

「この絵も静かだけど、温かい感じがします」

僕がミレーの夕日を見つめながらそう言うと、おじいさんが小さくうなずいた。

僕はそのまま、言葉を続ける。

「……この絵が、……ミレーが、僕は本当に好きです」

告白とは言えないような、あいまいな言葉だった。もしもミレーに想いを伝えるのなら、どうするのが正しかったのかわからない。

絵のモデルとなったミレーに言うべきか、絵を描《えが》いたおじいさんに言うべきか、それともこの絵に向かって言うべきかわからなかったけれど、僕の胸の中の感情が、あふれ出してきて、それで口にしたくなった。

そんな僕に向かって、おじいさんは温かな言葉をかけてくれた。

「ありがとう、瀬戸《せと》くん」

僕《ぼく》はその言葉に、すぐ答える。

「でも僕は、本当にこんなことを思っていいのかなって、変じゃないかなって……、自分でもよくわからなくて……」

おしゃべりがそんなに得意ではないのに、今はすべてを話してしまいたい気分だった。だからそうした。おじいさんにどう思われるかわからない。ただ言いたかった。自分の中にため込《こ》んでいるままでは、自分がどうにかなってしまいそうだったから。

そしておじいさんは、僕の肩《かた》に手を置いてから言った。

「――今の君は、そのままでいいと思うよ」

おじいさんが、言葉を続ける。

「人には特別好きになるものがあると思うんだ。それは本当に様々なものだと思うんだよ。小さいころに乗り物が好きだったり、花が好きだったり、物語の中のキャラクターだったり、ほかにもいろんなものが好きだったりする。たまたま君はそれがこの絵の中の女の子だった。好きにもいろんな形があると思うけど、特別だと思う感情には変わりはない。君にとっての特別が、この絵だったというだけさ」

「僕にとっての特別……」

おじいさんの言葉を聞いてから、もう一度絵を見つめる。

窓辺《まどべ》に差し込む夕日。

そこにたたずむミレー。

太陽のような明るい髪《かみ》の色。

切なさの混じった、その微笑《ほほえ》み――。

「ミレー……」

僕は彼女の名前を、つぶやくように呼《よ》んだ。

それが彼女に届《とど》くことはない。

――でも今は、それだけでもいいと思う。

「今日で手伝いも終わりだな、でもこれからは好きなときに来ていいよ。また絵が見たくなったときには来ればいい。それにこれは今までのお手伝い分のプレゼントだ」

「えっ……」

そう言っておじいさんが渡《わた》してくれたのは、一枚《まい》の絵だった——。

「これ……」

窓際《まどぎわ》の席。

差し込《こ》む昼間の日差し。

テーブルの上にはエクレア。

それを食べる美玲《みれい》。

その向かいで笑っている僕《ぼく》——。

そう、それは僕と美玲が窓辺でエクレアを食べている姿《すがた》の絵だった。

「あの日の……」

雷《かみなり》に打たれたような、そんな衝撃《しょうげき》があったわけではない。

それに胸《むね》の奥《おく》がどくんっと揺《ゆ》れるようなこともなかった。

だって違《ちが》ったんだ。

そのときにあふれた感情は、もっと柔《やわ》らかくて温かなものだった——。

「——ありがとう、おじいさん」

——その絵は、ミレーの夕日のように、僕にとっての特別なものになった。

シュミじゃない

織守きょうや

KYOYA ORIGAMI

オーブンを開けると、ふわっと甘《あま》い香りが漂《ただよ》った。

けれど、いいのは香りだけで、天板の上に並《なら》んだ六つのカップケーキはぺしゃんこだ。私の隣《となり》で、美羽《みう》は絶望の表情を浮《う》かべている。

中学三年生の一学期、家庭科の調理実習でカップケーキを作ることになり、美羽は朝から張り切っていた。美羽の趣味はスイーツデコで、いつもスマホケースや手鏡やペンケースを、レジンなんかで作ったマカロンやパールビーズでキラキラにデコっている。学校にはつけてこないが、自作のネイルチップも見せてくれたことがある。

今日も、クリームを絞《しぼ》る袋《ふくろ》やスポイトみたいなチョコペンシルや、小袋入りの小さい砂糖《さとう》菓子《がし》なんかを持ち込《こ》んで、本物のケーキを可愛《かわい》く飾《かざ》るのを楽しみにしていたのだ。

それなのに、飾りつけをする前の段階《だんかい》で失敗してしまった。

オーブンは交替《こうたい》で使うので、私と美羽は失敗作のカップケーキをお皿にのせて、調理台へ移動し、次のペアに場所を譲《ゆず》る。

隣《となり》の調理台に、野球部の男子、小池《こいけ》が自分のケーキを運んできた。クラスの人数が奇数《きすう》なので、小池は一人でオーブンを使っていたようだ。皿に並んだ小池のケーキは、きのこのようにふんわりとふくらんでいる。

「うわ、小池のすげえ、うまそう」

「なんでそんなうまいんだよ、野球部のくせに」

「さあ。たまたま？　それか、野球で鍛《きた》えた腕力《わんりょく》のおかげとか」

私は、横目で、しょんぼりと肩《かた》を落としている美羽を見る。残念だったね、と声をかけるのもためらうくらいの落ち込《こ》みぶりだ。

私のが上手《じょうず》にできていたら分けてあげられたのだが、一緒《いっしょ》に焼いた私のケーキもぺしゃんこだ。同じ手順で生地《きじ》を作って、同じオーブンで同時に焼いたのだから当たり前だった。

「ねーカンナー、余熱ってどうするんだっけ？　うちらは二組目だからこのまま焼いていいんだっけ？」

「あー、えーとね」

次にオーブンを使おうとしている杏奈《あんな》に呼《よ》ばれて、私は調理台の前を離《はな》れる。

オーブンの使い方をレクチャーして戻《もど》ってくると、美羽の様子が違《ちが》っていた。もう、しょんぼりはしていない。そのかわり、顔が赤くなって、なんだか、そわそわしている。

「見て、カンナ」

美羽《みう》が指さした調理台のお皿の上には、ふんわりときれいな形のカップケーキが三つ並《なら》んでいた。

「交換《こうかん》してくれたの。飾《かざ》りつけしたいならどうぞって、小池《こいけ》が、自分は甘《あま》いのそんなに好きじゃないから、って」

美羽は、チョコペンを握《にぎ》りしめて、ぽやっとした目で小池を見ている。

オーブンにケーキを入れ終わった杏奈《あんな》と莉帆《りほ》がやってきて、事情を聞き、へー、やさしー、と声をあげた。

隣《となり》の調理台では、一部始終を見ていたらしい男子が、小池をからかっている。本人は何事もなかったかのように調理器具を片《かた》づけている。

全然得意げじゃないし、特に照れているということもないし、男子同士で話しているように見せかけて実はこっちにアピールしてる、みたいな、よくある感じでもなかった。

美羽は、小池作のケーキをきれいに飾りつけた。私にも一つ分けてくれたので、ありがたくいただく。クリームと砂糖菓子《さとうがし》たっぷりで、甘いけれど、おいしかった。

「私、小池のこと好きかも」

調理実習から一週間ほど後、いつも通りの帰り道で、恥《は》ずかしそうに、美羽が言った。

そんなこと、言われるまでもなく気づいていたけれど、私は、初めて知ったかのように、そうなんだ、と返す。ほかに言いようがなかった。

なんとなく一緒《いっしょ》に行動することの多い四人グループの中で、私は美羽と一番仲がいい。美羽が小池にもらったカップケーキを写真にとってスマホの待ち受けにしていることも、授業中も休み時間中も、明らかに小池を気にしていることも知っていた。

「カンナに最初に言おうと思ったんだ。明日、リホたちにも言うね」

美羽は嬉《うれ》しそうに、小池のどこがいいと思うかを話してくれる。

私は、適当な相槌《あいづち》を打ちながら聞いた。適当というのは、いいかげん、という意味じゃなく、要所要所で、「へー」「そっか」「いいね」などの中から最適なものをチョイスして、適切なタイミングで、ちょうどいい熱量をこめて合いの手を入れるということだ。

親切にされて、いい人だな、と思うのはわかる。でも、そこから、好き、つきあいたい、となる、その流れが私はよくわからない。どういう場合にそうなって、どういう場合にならないのか、その違《ちが》いもわからない。でもそれを表には出さない。

仲間内で恋愛《れんあい》トークになるたびに、気をつけていることだった。

彼氏ができたとか、好きな人ができたとか、あの人かっこいいとか、そういう話になると、私はいつも聞き役で、メインのスピーカーになることはない。でも、ひとしきり盛《も》り上がって、たいてい最後は、「カンナはどうなの？」と訊《き》かれる。場がしらけるのが嫌《いや》なので、「出会いがないからなー」とか、「そりゃ彼氏ほしいけどさー」と話を合わせるようにしていた。

人の恋《こい》バナを聞くのは別に嫌じゃない。でも、自分だけ取り残されているようで、ちょっとだけさびしい。

それに、共感しているふりをするのは、相手をだましているような気がして、なんだか罪悪感があった。

でも、私にはわからないや、と正直に言ったら、変な空気になるのはわかっていた。

次の日、美羽はグループのほかの二人、莉帆《りほ》と杏奈《あんな》にも小池《こいけ》が好きだと打ち明けて、さらに、近いうちに告白するつもりだと宣言《せんげん》した。

「小池かー」と、杏奈は意外そうにしている。

小池は野球部員だが、あまり熱心に打ち込んでいるような印象はなく、スポーツマンという感じではない。どちらかというと地味《じみ》なほうだった。ただ、目立たない、というのとも違う。教室で堂々と萌《も》えイラストが表紙のライトノベルを読むような、モテを意識していない行動が、一部男子の尊敬《そんけい》を集めている、らしい。

女子の中には、ラノベオタク、キモい、なんて言う子もいたけど、小池に関しては、自分のケーキを美羽の失敗作と取り換《か》えてあげたことで、私たちのグループでの評価は急上昇《きゅうじょうしょう》していた。教室でラノベを読んでいることさえ、美羽は、自然体でいいよねなんて言っている。それどころか、小池が読んでいたラノベのカバーを見て、そのイラストのヒロインに似た髪《かみ》型《がた》にしてみたり（リボンを編み込んだみつあみだ）、小池に好かれようと努力をしていた。

つまり、美羽が小池を好きなことは、結構、わかりやすかった。でも、杏奈は気づいていなかったようだ。それはたぶん、小池が、杏奈の眼中にはなかったからだ。

嫌《いや》な言い方をすると、いわゆるクラスのスクールカーストでは、私たちのほうが小池《こいけ》より上だ。おしゃれで派手目《はでめ》な女子グループ。ギャルグループ、とか呼《よ》ばれている。地味系《じみけい》男子は、あんまり近づいてこない。派手系男子からは、よくカラオケなんかに誘《さそ》われる。その中でも、美羽《みう》は特に男子に人気があった。

その一方で、小池は、はっきり言ってモテそうなタイプではないし、本人も特にモテたいとは思っていなさそうだった。でも、その、気合が入っていない感じがいいのだと、美羽は言う。

それは私にもわかる気がした。女子の気を引こうとしてわざと悪ぶってみたり、反対に自分をすごく見せようとアピールしたりするタイプの男子は、面倒《めんどう》くさいし、一緒《いっしょ》にいると疲《つか》れる。小池にはそれがなかった。

「いいんじゃない。地味だと思ってたけど、いい奴《やつ》っぽいしね」

莉帆《りほ》が、理解のある友達、という感じで言った。ここで、「美羽ならもうちょっといいのを狙《ねら》えるのに」なんてことは言わない。莉帆には別のクラスに彼氏がいて、それが恋《こい》バナをするときの余裕《よゆう》につながっている。

「応援《おうえん》するよ。ていうか、美羽なら絶対大丈夫《だいじょうぶ》だって」

美羽はその後、私に話してくれたときと同じように、小池のどこがいいのかを楽しそうに二人に話して聞かせた。

莉帆が自分の彼氏とのエピソードを披露《ひろう》したり、杏奈《あんな》が自分のときめきポイント——男子のどういう言動にキュンとするか——を語ったりして、私と美羽二人のときよりもずっと盛《も》りあがった。

私は、コメントは二人に任せて、ただ笑顔で聞いていた。


月曜日の朝、登校してきた私は、美羽が小池にふられたことを、莉帆から聞いた。

何故《なぜ》本人ではなく莉帆からかというと、美羽は学校を休んでいたからだ。

金曜の放課後、美羽は小池が一人になったタイミングで声をかけ、空き教室に呼《よ》び出して告白したらしい。

その日はたまたま、私は家の用事があって、一人で先に帰っていた。莉帆と杏奈は教室に残っていたから、目を赤くして戻《もど》ってきた美羽本人から事情を聞いたそうだ。

小池《こいけ》は「つきあってください」という美羽《みう》の告白を断り、美羽が理由を訊《き》いたら、「興味がないから」と言ったという。

そういうきつい言い方をしそうなイメージがなかったから、私はちょっと驚《おどろ》いた。でも、言われてみれば、小池にはそういう、無神経というか、気を遣《つか》わないところはありそうな気もする。たぶん、理由を訊かれて、ただ正直に答えたのだ。悪気はないのだろうけど、失恋《しつれん》した女の子への対応としては、正解とは言えない。

莉帆《りほ》と杏奈《あんな》はかなり怒っていた。土日を挟《はさ》んだのに、私に話しているうちにまた腹《はら》が立ってきたらしく、「信じられない」「何なのあいつ、オタクのくせに調子乗んなよ」と、だんだん口調がヒートアップしてくる。オタクは関係ないんじゃない、とはとても言えない雰囲気《ふんいき》だった。美羽はグループの中では妹ポジションというか、可愛《かわい》がられている感じだから、莉帆も杏奈も、保護者みたいな気持ちになっているのかもしれない。

「ケーキあげたりとか、思わせぶりなことしといてさ」

「断るとかありえない。何様のつもり？」

何人かが、ギャルグループが何か怒《おこ》ってる、怖《こわ》、みたいな目でちらちらこちらを見ている。

その何人かも、莉帆がにらむと目をそらした。

「断るにしたって、言い方があるよね」

小池をフォローする義理はないけど、一緒《いっしょ》になってなじるのも何か違《ちが》う。そう思って私が言うと、二人は、「ほんと、そう」と大きく頷《うなず》いた。

そのとき小池が教室に入ってきて、自分の席に座《すわ》る。文句を言いに行こうとする杏奈を、私は慌《あわ》てて止めた。

「授業始まるし。大事《おおごと》にしちゃったら、美羽が困《こま》るよ」

タイミングよくチャイムが鳴り、それもそうか、と二人は席につく。

私はほっとした。小池を吊《つ》るしあげたって仕方ない、というか、美羽が恥《は》ずかしい思いをするだけだ。

それに、言い方には問題があったかもしれないが、どんなに可愛い子に告白されたって、つきあうかつきあわないかは小池の自由だ。

私がそう思うのは、私と美羽が友達なこととは関係がない。

でも、口に出したら、冷たいと言われるだろう。

昼休みにまた小池《こいけ》のところへ行こうとする二人を、「人目があるから」と言って止めたら、何故《なぜ》か、放課後、私が小池と話をすることになってしまった。

「美羽《みう》、ショックで休んでるんだよ。どういうつもりなのか、一言言ってやんなきゃ気が済《す》まない」

杏奈《あんな》の言い分も、友達として、まあわからなくはない。

三対一で小池につめよるのはさすがにやめたほうがいいし、杏奈や莉帆《りほ》だけを行かせたら、余計に揉《も》めてこじれそうだったから、仕方なく引き受けた。ただし、「なんでダメかってことをちゃんと訊《き》くだけ」という条件つきだ。

「ギャルが一般《いっぱん》男子をつめている」みたいな図にはしたくないから、と言ったら、二人も一応納得《なっとく》してくれたようだった。

私は帰り支度《じたく》をしていた小池に、話がある、と声をかけた。

窓際《まどぎわ》に立ってこちらを見ている――というかにらんでいる――莉帆と杏奈を見て、小池も話の内容は察しがついたはずだ。帰りながらでいい？　と言うので頷《うなず》いた。そのほうが、莉帆たちが乱入《らんにゅう》してくる心配もない。

私は自分の席へ鞄《かばん》をとりに行き、二人に「明日報告するから」と伝えて、小池と一緒《いっしょ》に教室を出た。

校門をくぐり、少し歩く。小池は、駅へ向かってまっすぐじゃなく、少しだけ遠回りになる、住宅街や公園の前を通る道に入った。

「美羽のこと、ふったって聞いたんだけど」

まわりに人が少なくなってきてから切り出す。

「興味ないってどういうこと？　美羽は好みじゃないってこと？」

だらだら話してもしょうがない。直球で、訊きたいことを訊いた。

小池は、歩きながらちらっと私を見て、すぐに視線《しせん》を前へ戻《もど》す。

「好みじゃないとかじゃなくて、興味がないってこと」

「美羽に興味がないって、そういうことでしょ」

「じゃなくて。誰《だれ》かとつきあうとか、そういうのに興味がないってこと」

浜辺美波《はまべみなみ》につきあおうって言われても断るよ、とつけ足した。

私は少しの間黙《だま》って、小池《こいけ》の言った言葉の意味を考える。

「恋愛《れんあい》に興味がないってこと？」

「そう。たぶん」

「ラブコメ系《けい》のラノベ読んでたのに？」

「読むだろそれは。自分が恋愛するのと、フィクションを楽しむのとは別だろ」

「まあ、それはそっか」

私も少女漫画《まんが》を読むしな、と納得《なっとく》する。恋愛要素のない少年漫画のほうが好きだけれど、恋愛ものを全《まった》く楽しめないわけじゃない。

「ラノベとかアニメの女の子も、アイドルも、それを言うならクラスの女子のことだって、可愛《かわい》いとは思うよ。でも、それは恋愛とは別なんだよ。俺《おれ》の中では」

私の同意を得られて安心したのか、小池はさらに言った。

「可愛い子に告白されて、彼女がいないなら、とりあえずつきあえばいいって皆《みんな》言うけど……つきあってみたら好きになるかもしれないとかさ。でも違《ちが》うんだ、俺の場合は」

私のほうは見ていない。でも、真剣《しんけん》な表情だった。

向かい合っていないほうが、話しやすいこともあるのは、私にもわかった。

「恋愛として好きになれないのに、つきあうのは違うと思う。同じ好きにはならないってわかってるのに期待させるようなことするのは、相手にも悪いよ」

だから、と続ける。

「山田《やまだ》が嫌《いや》とかじゃない。興味がないだけ」

山田は美羽の名字だ。

私は、「そっか」と頷《うなず》いた。

小池が美羽をふった理由が、よくわかった。

なんだかすごく、ちゃんと答えてくれたな、と思った。

私が「わかった」と言うと、小池は初めて、私の顔を見る。

あっさり引き下がったのが、意外なようだった。

「わかるよ。わかると思う。たぶん、私もそうだから」

今度は私が小池を見ないで、前を向いたままで言う。そちらを見ていなくても、顔の右側に小池の視線《しせん》を感じた。小池は驚《おどろ》いているようだった。

「そういう感じじゃないと思ってた」

「なんでよ。ギャルだから？」

私が言うと、小池《こいけ》はちょっと気まずそうな表情になった。たぶん、当たりだったのだ。でも、私だって、小池のことを、ラブコメ系《けい》ラノベを読んでいるんだから女の子に興味があるはずだと思っていたんだから、お互《たが》い様だ。

「私、見た目は派手《はで》かもしれないけど、別にモテたくておしゃれしてるわけじゃないんだよね。こういうファッションが好きなだけ。似合うと思うから。テンションあがる服着てメイクして、可愛《かわい》くいたいだけ。でも、モテ系とかって、めちゃくちゃ言われる」

通学鞄《つうがくかばん》のショルダーベルトを握《にぎ》っていた手を開いて、クリアピンクのトップコートを塗《ぬ》ったネイルを見る。

ウエスト部分を折って短くしたスカートも色つきのリップも、生徒指導につかまらないように学校でできるギリギリのおしゃれだ。好きな人に振《ふ》り向いてほしいとか、男子にモテたいとか、そういう目的がなくたって、人はおしゃれをするものだし、していいはずだ。

「おしゃれで可愛い服を着てるからって、彼氏がほしいわけじゃないの。可愛いって思われるのは嬉《うれ》しいけど、つきあってって言われると困《こま》る。モテたいっていうのとは違《ちが》うの。ナンパが嫌《いや》ならミニスカートははくなとか、モテたくないならおしゃれしなければいいとか言う人もいるけど、違うの、可愛い服は着たいのっ。私は可愛い自分が好きなの！」

話しているうちにヒートアップして、これまで誰《だれ》にも話したことがない本音を吐《は》き出していた。

なるほど、と小池は頷《うなず》く。「そこは俺《おれ》も誤解《ごかい》してたかも」なんて、妙《みょう》に納得《なっとく》した様子で頷いている。

「主人公がヒロインにモテまくるラブコメを読んでるからって、自分もモテたいわけじゃないのと同じか」

話してみないとわからないもんだね、と小池がしみじみとした口調で言って、それでなんとなく、私と小池は、わかりあったみたいな雰囲気《ふんいき》になる。共感というか、妙《みょう》な連帯感のようなものがあった。

いつのまにか足が止まっていたけれど、そこからまたゆっくりと歩き出す。駅まではあと五分くらいの距離《きょり》だ。公園をぐるりと回って、大きな通りに出たところで、そういえば、と小池《こいけ》が口を開いた。

「山田《やまだ》に告白されて断ったって話、俺《おれ》は言ってないのに、何かちょっと……男子にも広まってるんだよね」

私はうん、と相槌《あいづち》を打つ。

それはたぶん、美羽《みう》がふられた後、教室で莉帆《りほ》や杏奈《あんな》に話しているのを誰《だれ》かが聞いたのだ。

莉帆たちがあの剣幕《けんまく》だったなら、まわりに聞こえていてもおかしくない。

「可愛《かわい》いのにもったいないとか、おまえ期待させるようなことしといて、とか、色々言われたんだけど」

それは莉帆たちも言っていた。調理実習でのことだろう。

私がまた相槌を打つと、小池は心底面倒《めんどう》くさそうにため息をついた。

「期待させようとか思ってないし。女子に親切にするとすぐ下心があると思われるの、なんとかならないかなって思うんだよね」

スカート丈《たけ》とかメイクとかを、男子に媚《こ》びてるとかそんなにモテたいのとか言われるのと同じやつだ。ものすごくうっとうしい。私は、心を込《こ》めて「わかる」と言った。

わかるけど、でも、私の中にもそういう偏見《へんけん》はあった。自分もそういう目で見られると嫌《いや》なのに、私もそういう目で人を見ていた。反省だ。

「興味ないって言うと、じゃあ男が好きなの？　とか言われるのもめんどくさいし、最近そういうときは、三次元の女には興味ないかなって言うようにしてる。嘘《うそ》じゃないし」

「そうなの？」

「推《お》しと恋愛《れんあい》は別。でも、三次元の彼女がいらないこと自体は本当だから」

「だよね」

だよねというか、推しに恋愛する人もいるんだろうけど、小池はそうじゃないということだ。

三次元の女の子に興味はない。確かに、嘘じゃない。二次元の女の子にも恋愛はしていないけれど。

私も同じだった。でも、そうじゃない人に、それを説明してわかってもらうのは難《むずか》しい。

そして、そうじゃない人、説明してもなかなか理解できない人のほうが、たぶん、「私たち」よりずっと多い。

「めんどくさいね、なんか」

「まあね。でも、皆《みんな》そうなんじゃない。恋愛《れんあい》してる人はしてる人で、めんどくさそうだし」

「そうかな。案外、そうかもね」

何がどう、は違《ちが》っても、めんどくさいのは皆《みんな》同じか。それなら、仕方ない。めんどくさいことが全《まった》くない毎日も、それはそれで、つまらないような気もするし。

「美羽《みう》には、小池《こいけ》は美羽が嫌《いや》とかそういうんじゃなくて、そもそも誰《だれ》かとつきあうつもりはないみたいだって言っとけばいい？」

「本当のこと言っていいよ。小池は恋愛に興味がないって。山田《やまだ》に限らず、相手が誰でも同じなんだって」

はっきり言えるのはかっこいいし、誠実《せいじつ》だなと思ったけれど、本当の意味が相手に伝わるか、わかってもらえるかどうかは難《むずか》しいだろうな、とも思う。

美羽には、私がちゃんと伝えよう。美羽は何も悪くなくて、小池も何も悪くなくて、でも、仕方ないんだってこと。「試しにつきあってみようよ」ができない人もいるんだってこと。

「私は、言えないかも。自分がそうだって、そんな風に堂々と」

「別にいいと思うよ。わざわざ言わなくたって、そのへんは個人の自由だ」

駅が近づいてくる。何人かの、同じ制服の後ろ姿《すがた》が見えて、そのとき、急にふっと、不安がよぎった。色々と初めての話ができて、明るく晴れたはずだった気持ちに、一瞬《いっしゅん》、影《かげ》がさすみたいに。

「私たち……」

気がついたら、ぽろっと口からこぼれていた。

「って、ひとくくりにするのもあれだけど。……ずっと、誰のことも好きにならないままで、まわりの友達は恋人ができたり結婚《けっこん》したりしても一人で、さびしい人とか思われるのかな」

こういうことを考えたことは何度もあったけれど、口に出すのは初めてだった。これまで誰にも言えなかったから。

私は別に、さびしいとは思っていない。恋《こい》をしたいとも思わない。

でもずっとさびしくないままでいられるかはわからなくて——恋をすればさびしくないってわけでもないだろうけど——不安になることがある。

そんなことを言われたって、小池《こいけ》も困《こま》るだろうと、わかっているのに言ってしまった。嫌《いや》

な気持ちにさせたかな、と私がうつむきかけたとき、

「別によくない？　どう思われたって、それが自分なわけだし」

あっさりと小池が答えた。

「まあ、でも、わからないけどね。これから変わるかもしれない。俺《おれ》たちはまだ中学生で、一生誰《だれ》に対してもそうなのか、ただ、まだそう思える相手に出会ってないだけなのかも……。これが自分、なんて自信満々に言えなくても仕方ないっていうか」

今から決めつけることもないし、はっきりしないうちから悩《なや》んでもしょうがないんじゃないかなって思うけど――と前置きをしてから言う。

「でも、一生恋愛《れんあい》しなくても、別に、俺は困らない。友達もいるし、趣味《しゅみ》もある。楽しいことはいっぱいある。誰にも迷惑《めいわく》もかけない」

私は顔を上げて小池を見た。

小池はさっきまでと変わらない様子だった。声の調子も同じだ。

何でもないことみたいに答えるから、本当に、何でもないことみたいな気がしてきて、なんだかずいぶん簡単《かんたん》に、心が軽くなった。

「趣味って、ラノベとか？」

歩く速度をあげて、意識して明るい声を出す。

「それも趣味の一つかな。今の一推《いちお》しはこれ」

小池は、鞄《かばん》の外ポケットに差し込《こ》んでいた文庫本を取り出して私に見せた。見覚えのあるキャラクターが表紙にいる。

「あ、それアニメになったやつ？　アニメのほうは観《み》たよ」

「マジで？　どうだった？」

「おもしろかった。その後配信で全部観たもん。ファッションも可愛《かわい》いよね。原作もいい？」

「すげえいいよ。貸そうか？」

明らかにさっきまでとは声のトーンが違う。好きなものの話をする小池は生き生きしていた。確かに、恋人がいなくても楽しそうだ。

「他人《ひと》を気にして、興味を持てないことにわざわざチャレンジしたり、楽しむふりをしたりする必要はないと思う。ほかに趣味があって楽しくやってるから、ほっといてほしいな」

「恋愛《れんあい》は、趣味《しゅみ》とは違《ちが》くない？」

「そう？　俺《おれ》は、恋愛も、すごく一般的《いっぱんてき》で人気のある趣味の一つだと思ってる。すると楽しいと感じる人が多いけど、そうは思わない人もいて、してもしなくても生きていける」

「いやでも、読書とかゲームとかカフェ巡《めぐ》りとかとは違うでしょ」

「違うかな。読書だって、人によっては、趣味を超《こ》えて生きがいだとか、もはや人生だ、っていう人もいる。それと同じじゃないかな」

可愛《かわい》い女の子のイラストの描《か》かれた文庫本をぱらぱらめくって、小池《こいけ》は続ける。

「俺にとって、恋愛は趣味じゃない。それを楽しんでる人たちが多いのは理解するし、否定《ひてい》もしないけど、自分では興味を持てない。それが問題だとも思わない。趣味は人それぞれだからね」

悩《なや》むことじゃないと思うよ、と言って、文庫本をまた、鞄《かばん》の外ポケットにしまった。

そうだといいなと思うし、まるで簡単《かんたん》なことのようにそう言える小池がうらやましい。けれど私はそこまで自信を持てない。そんな風に思っていいのかすら、わからなかった。

「そういう風には思えなくて、悩《なや》む人のほうが多いと思うけど」

私が言うと、小池は、まあね、と認《みと》めた。

「でも、悩まなきゃいけないことじゃないはずだろ。本当は」

そうだね、と私も同意する。誰《だれ》だって、悩みたくて悩んでいるわけじゃない。悩まないで済《す》むなら、そのほうがいいに決まっている。

「でも、こんなこと言ってたら、今まさに悩んでる人もいるんだから趣味の問題と一緒《いっしょ》にするな！　って怒《おこ》られそう」

「そういう人もいるだろうね。けど、自分のことをどう思うかは人それぞれで、悩んでる人がいるからって、俺たちまで悩まなくちゃいけないわけじゃない」

それこそ、そういうの趣味じゃないし、と小池が肩《かた》をすくめる。

「こんなことは自分のごく一部で、別に大したことじゃないって思うのも、自由だろ」

その通りだと思ったから、私は頷《うなず》いた。

私もそう思うことにしよう。

これが自分なんだって受け容《い》れて、気負わないで、普通《ふつう》にしていよう。最初から小池みたいに自然体ではいられないかもしれないけど、できるだけそうしようと思うだけでも、きっと少しは楽になる。そしていつかは、それが当たり前になるはずだ。

「皆《みんな》もそう思ってくれたらいいなあ」

「それはまた別の問題だから、それほど簡単《かんたん》じゃないかもな」

歩きながら呟《つぶや》いた私に、小池《こいけ》が言う。はっきりしてるなあ、と思わず笑ってしまった。

現実的だ。でも、嫌《いや》な感じはしなかった。正直に話してくれているんだとわかった。

「一歩ずつだね」

皆に、というのは難《むずか》しいかもしれない。少なくとも、すぐには。でも、せめて、自分のまわりの大事な人には、わかってもらえたら嬉《うれ》しいなと、私は思った。口には出さなかったけれど。

「あのさ、私、彼氏は全然ほしくないけど、男は皆嫌《きら》いとか気持ち悪いとか思ってるわけでもないから」

「俺《おれ》もそうだけど」

「うん。だからさ、これからも気が向いたら、普通《ふつう》に、友達として話してよ」

恋愛《れんあい》をしなくても、誰《だれ》かと生きていくことはできる。

家族とか、友達とか。人とつながる方法は、恋愛だけじゃないなんて、簡単で当たり前のことを忘《わす》れるところだった。

小池は、意外そうに目を瞬《まばた》かせる。それから、

「なんかいいね、それ。そういうの」

感心した、みたいな調子で言った。

私は、「でしょ」と笑う。

気が合いそうだ。


翌日《よくじつ》、美羽《みう》は普通《ふつう》に登校した。

別に、失恋のショックで寝込《ねこ》んでいたわけではなく、風邪《かぜ》をひいて休んでいたらしい。

失恋したからって、やつれているとか、髪《かみ》を切っているとか、そういうことはなかった。

でも、髪型は、ラノベのヒロインと同じみつあみじゃなくて、肩《かた》に下ろしたスタイルに戻《もど》っていた。

私は休み時間に美羽を昇降口《しょうこうぐち》に呼《よ》び出して、二人きりになる。莉帆《りほ》と杏奈《あんな》には、「小池から美羽《みう》をふった理由を訊《き》いたけど、それは美羽にだけ話す」と伝えてあった。

私が小池《こいけ》に、美羽をふった理由――「興味がない」の詳細《しょうさい》――を訊《き》きに行ったと知って、美羽は「えっ嘘《うそ》」と絶句する。

それから、恥《は》ずかしすぎる、と呟《つぶや》いて、大げさな仕草で手で顔を覆《おお》った。当然の反応だ。

私だって、友達にそんなことをされたらいたたまれない。

「だよね。ごめん。でも、私が行かないと、莉帆《りほ》と杏奈《あんな》が二人でつめ寄りそうな勢いだったから」

「ああー……確かに、それよりはマシ……」

美羽はふられた直後に莉帆たちと会っているから、二人の様子は想像がついたのだろう。よけいなことしないでよとか、なんでそんなことするのとか、責められてもおかしくなかったけれど、私に矛先《ほこさき》は向けなかった。

「それで……なんて言ってた？」

顔を覆った指の間から、ちらっと目をのぞかせて訊いてくる。やっぱり美羽も、気になってはいたみたいだ。

私は、美羽に気づかれないようにそっと深呼吸《しんこきゅう》をしてから口を開いた。

「美羽がダメとかそういうんじゃなくて、恋愛《れんあい》に興味がないんだって」

深刻《しんこく》になりすぎないように、できるだけ、なんでもないことを話すような口調を意識する。

心臓《しんぞう》はどきどきして、指先が冷たくなっていたけれど、ぎゅっと握《にぎ》って隠《かく》した。

「彼女がほしいとか彼氏がほしいとか、思わないんだって。お試しに、なんて感じでつきあうことはしないって言ってた。だって、試さなくてもわかってるから。相手がどんなに可愛《かわい》い女の子、かっこいい男の子でも、関係ないんだって」

一言目を聞いた美羽がきょとんとしているのを見て、一瞬《いっしゅん》、怖《こわ》くなった。わかってもらえないかもしれない。冗談《じょうだん》みたいにして流しておしまいにしちゃおうか、なんて考えが頭をよぎる。

でも、ちゃんと言わなきゃと思って、そうしたら、最後のほうは早口になった。

美羽はもう顔から手を離《はな》して、私のことを見ている。

「……私もね」

口の中が乾《かわ》いて、舌《した》が上あごにくっつきそうだった。無理やり唾《つば》をのんで続けた。

「私もそうなんだ。小池《こいけ》と同じ。だから私、気持ちがわかるっていうか……小池が本当のこと言ってるのは確かだよ」

そういう人も、いるってこと。

そこまで言って、いったん、口を閉《と》じる。

美羽《みう》の反応を待った。

美羽は、私の言ったことの意味を考えているようだった。茶化したり、「何それ」で終わらせたりはしなかった。

「カンナも……えっと、恋愛《れんあい》に興味がないってこと？」

私は、慎重《しんちょう》に答える。

「うん。彼氏は、ほしくない。どんなかっこいい人からでも、告白されたら困《こま》るし、知らない男子とのカラオケとかも行きたくない。友達同士のほうが楽しいって思ってる」

美羽は私の答えを聞いて、少しの間また、考えるそぶりを見せた。

突然《とつぜん》こんな話をされて、戸惑《とまど》っているのは当たり前だ。私は黙《だま》って待つ。

「これまで……男の子の話題とか、恋《こい》バナ、楽しくなかった？」

「美羽たちが楽しそうに話してるのを聞くのは楽しいよ。でも、自分の恋愛には興味が持てなくって、それを隠《かく》して、ちょっと無理して話、合わせてたとこはあるかも」

　正直に言った。

　ノリが悪いと言われるのが怖《こわ》くて、今まで言わずにいたことだった。

「恋愛に意味がないとか、くだらないとか、思ってるわけじゃないよ。自分はしないってだけ。友達の恋を応援《おうえん》したい気持ちはあるし、恋愛の話聞くのが嫌《いや》ってことでもない。自分が苦手な食べ物があったって、友達にまで、自分の前でそれを食べないでよとは思わないでしょ。むしろ、友達がおいしそうに食べてるの見たら、自分も楽しい気分になることもある。それと同じ。ただ、『食わず嫌《ぎら》いはやめて食べてみたら』って言われても、どうしても食べられない人もいるって、そういう感じ」

　美羽はちゃんと向き合って、理解しようとしてくれている。私も、誠実《せいじつ》に答えなければいけないと思った。

「私や小池は、恋愛をしないかもしれないけど、それは私たちの全部じゃなくって……なんていうか、漫画《まんが》が好きとか野球には興味ないとか、甘《あま》いものが好きだとかからいものは食べられないとか、そういうのと同じだってこと。一つの要素なんだって、思ってくれないかな」

うん、わかった、と美羽《みう》は頷《うなず》いた。小池《こいけ》に告白すると言ったときと同じくらい、真剣《しんけん》な表情だ。

「スイーツが好きでも苦手でも、カンナはカンナだもんね。同じケーキは食べられないけど、ケーキを食べてる私と、コーヒーを飲みながらおしゃべりはできる。そういうことでしょ」

「そう。そういうこと」

スイーツは好きだけどね、とつけ足すと、たとえだよぉ、と笑われる。

伝わった。わかってくれた。

ほっとして、口元が緩《ゆる》む。

真剣に聞いて、簡単《かんたん》なことみたいに言ってくれたのが嬉《うれ》しかった。

私は、恋愛《れんあい》をしていてもしていなくても、美羽は美羽で、友達だと思っている。美羽も、私のことを、そういう風に思ってくれたらいい。

「ね、それって秘密《ひみつ》だった？」

教室へ戻《もど》る途中、階段《かいだん》を上りながら、美羽が内緒話《ないしょばなし》をするような大きさの声で訊《き》いた。

声が届《とど》くような距離《きょり》ではないけれど、ほかの生徒の姿《すがた》が見えたから、気を遣《つか》ったらしい。

「うーん、絶対知られたくないとか思ってたわけじゃないけど……わざわざ言うのも何かなって思ってた。あと、やっぱり皆恋《みんなこい》バナ好きだから、水差す感じになったら嫌《いや》だなって思ったりとか」

私が答えると、とんとんとリズムを刻《きざ》むような足取りで階段を上っていた美羽が、「そっかあ」と足を止める。

「じゃあ、私のためだ。ありがとね」

びっくりした。

そんな風に言われるとは思っていなかった。

私は思わず立ち止まってしまう。二段くらい先で、美羽も足を止める。

どうしたの、というように視線《しせん》を向けられたので、急いで口を開いた。

「ううん。私も言えてよかった。いいきっかけになった、かも」

美羽の失恋をいいきっかけなんて言っていいのかな、と言った後で思ったけど、美羽は気にしていないようだった。そっか、ならよかったのかな、なんて笑っている。

「小池《こいけ》もさ、ちゃんと理由言ってくれるのすごいね。やっぱりいい人だね」

友達になれるかな、と美羽《みう》が言うから、嬉《うれ》しくなった。

絶対なれるよ、と私が太鼓判《たいこばん》を押《お》すと、美羽はちょっと照《て》れたような表情で前を向く。

美羽と友達でよかったな、と思った。

ちょっと恥《は》ずかしい。でも伝えたい。伝えるべきだ。

口に出すタイミングをはかりながら、私は少しスピードをあげて、階段《かいだん》二段分の距離《きょり》を追いかける。

こんぺいとうの樹の話

村上雅郁

MASAFUMI MURAKAMI

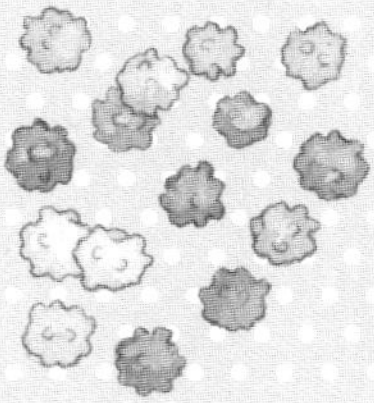

今まで、こんぺいとうって、あんまり食べたことなかった。

ちいさいころに、数えるくらい。おばあちゃんが買ってきてくれたんだっけ。記憶《きおく》もあやふや。コンビニとかには売ってないし。日常的によく見るお菓子《かし》でもない。

だけど、今、わたしの学校カバンには、こんぺいとうの袋《ふくろ》が入っている。学校や、通学路で食べたりするわけじゃない。ただ、お守りのように、持ち歩いている。

ちいさな愛らしいとげとげをたくさんつけた、砂糖《さとう》の珠《たま》。

ひさしぶりにそれを食べたとき、口の中で転がる甘味《あまみ》と感触《かんしょく》に、ため息が出た。

べつに、すごくおいしいってわけじゃない。わかってる。チョコレートとかクッキーとかケーキとか、世の中には華《はな》やかなお菓子がたくさんある。それにくらべたら、こんぺいとうなんて……だけど、それでも、特別な味がしたんだ。ひと気のない静かな図書館をそっと歩くときのような、おごそかな気持ちになったんだ。

そっと歯を立てると、かりりと砕《くだ》けて、ほろほろと舌《した》の上に広がる砂糖のかけら。甘くて、ひどくやさしくて、泣きそうになりながらわたしは、カノのことを思った。

こんぺいとうの秘密《ひみつ》を、ささやくような声で教えてくれた、あの子のこと。

ほんとうにはいない、だけど世界一、すきな人のことを。


十月の半ば。文化祭も終わって、中間テストも終わって、キンモクセイが咲《さ》き始め、あまいにおいで秋の風を染《そ》めるころのこと。

「涼香《すずか》?」

中学からの帰り道、名前を呼《よ》ばれて、わたしはとなりを見た。

「あのさ、もしかしてなんだけど……すきな人でもできた?」

幼《おさな》なじみの夏鈴《かりん》の言葉に、横っ面をはたかれたような気持ちになった。

「なんで?」

思わず、自分でもまぬけだって思うような声が出てしまった。

夏鈴はちょっとがっかりしたような、やっぱりなみたいな、複雑な表情をうかべている。

わたしは正直、おどろいていた。わたし、そんなにわかりやすいキャラじゃないつもりでいたんだけど。それに、夏鈴もそんなにするどいキャラじゃないと、思っていたんだけど。

なんとなく、はずかしい。

「なんで？」

わたしはくりかえす。夏鈴《かりん》は肩《かた》をすくめた。

「なんとなく。だって、涼香《すずか》、最近へんだもん。心ここにあらずだもん」

「そっか」

心ここにあらず、ね。夏鈴にしては、的を射《い》ている表現だ。

「そっか、じゃねーよ」

わたしはべつになにも答えていないのだけど、長いつきあいだ。このやりとりだけで、夏鈴はちゃんとわかってしまったようだった。

「ええ、まじでー？　なんだよー。初恋《はつこい》、あんたのほうが先かよ……」

なんだろう、夏鈴はくやしそうだ。わたしはよくわからなかった。べつに、どっちが先でもいいんじゃないかな。競うもんでもないし、比べるもんでもなくない？

そう思ったけど、とくにコメントはしない。

「いやさあ、去年さあ……ほら、六年のとき？　サッカークラブの渡良瀬《わたらせ》のやつが、あんたに告ったじゃん？」

「渡良瀬？　だれそれ」

「だから、そういうとこだよ、あんた。渡良瀬、モテモテだったのに、あんたあのときもそんな感じだったじゃん。『は？　だれおまえ』って」

不愛想な顔で目を細め、夏鈴は言った。

わたしの真似《まね》をしているつもりだったのだろうか。ちょっと心外だ。

「涼香、クラスの女子を大半、敵《てき》に回したんだよ、それで」

「そうだった？」

「そうだったの！　で、そのあとの処理《しょり》はぜんぶあたしに投げたよな？」

「そうだっけ？」

「そうだったんだって！」

むきになっている夏鈴。

クラスの女子を大半敵に回すって……そう言われても、わたし、そもそも学校であんまりしゃべらないしな。友だち、夏鈴くらいしかいないし。夏鈴がいれば、じゅうぶんだし。

「あーあ、やんなっちゃうなあ。涼香《すずか》は一生、恋《こい》とかしないと思ってた」

ずいぶんな言い方だけど、まあ、そうね。わたしもそう思っていましたよ。

「そんなふうに思っていた時期が、わたしにもありました」

「うっせえ」

夏鈴《かりん》がわたしの脇腹《わきばら》をこづいてくる。ぐふ、とかわいくない声が出てしまった。

「いつか、あたしがだれかをすきになったときもさ、そうして真っ先に話したときもさ？

涼香はきっと冷たい顔で、『あんなやつのことすきになったの？　あんた頭だいじょうぶ？』

とか、言ってくるんだろうなあと思ってたのに」

口をとがらせて、夏鈴は続ける。

「そんなふうに、あたしは未来のすきな人に対してたいへん失礼な想像をしていたのだよ。

そのくらい、涼香はへんなやつだって、非人間的なくらいに、まじで引いちゃうくらいにクールで、最高にすてきな幼《おさな》なじみだと思ってたのだよ」

へこむわー。

そう言って、ぶはーと大きなため息をつく夏鈴。ため息をつきたいのはこっちのほうじゃない？　けっこうな言われようだと思うんだけど。「最高にすてきな幼なじみ」とか言ってるけど、前半分、思いっきり悪口だよね？

まあ、でも、そうね。わたしもそう思っていましたよ。

「そんなふうに思っていた時期が、わたしにも……」

「うっせえ」

また脇腹をこづかれる。ぐふ、とかわいくない声パート2。

もう一度、ぶはーと大きなため息をつく夏鈴。なんかもうしわけない。謝ったほうがいいかな。すみませんでした。反省しています。でも、なにを？

そんなことを考えていると、夏鈴は急に顔を明るくした。

「で？　相手だれ？　どんな人？　だれ似？　どこで出会ったの？　ねえねえねえ」

「いきなりぐいぐい来ないで」

「え？　いいじゃんいいじゃん。あたしと涼香の仲じゃん」

なんだろうね、この人。

だけど……そっか。

そうね、そうだよね。そりゃあ、そういう話の運びになるわ。

カノのこと、話さなきゃいけないのか。

夏鈴《かりん》に。どうしよう。

「ねえねえ、言えよ。涼香《すずか》。残らずぜんぶ吐《は》いちゃえよ。のろけろ」

きゃっきゃと、なんだろう、年相応の女の子みたいな感じではしゃぐ夏鈴。

まあ、年相応の女の子ではあるんだけど、おそろしく似合わないな。

わたしはしばらく考えて、こう口火を切った。

「はずかしいから、だれにも言わないでほしいんだけど」

「うっわー、恋《こい》する乙女《おとめ》のセリフぅー」

「茶化すな」

背中《せなか》をたたく。けっこうな感じで。ふつうにこっちの手も痛《いた》い。

「ごめんなさい。それで?」

夏鈴はにやにやしている。

わたしは口ごもる。どうしたもんかなあ。夏鈴、どう思うかなあ。たぶん、理解はされないだろう。わたしの頭がおかしくなったって、そう思う可能性のほうが高い。

「……涼香？」

だまりこんでいると、夏鈴は言った。わたしはうなずいた。

まあ、それならそれで、べつにいっか。

「夢で見た」

「……ん？」

夏鈴はけげんそうな顔をする。

「え？　夢がなんだって？　てか、いきなりなんの話？」

そういう反応になるよな。

ついていけないでいる夏鈴のことをまっすぐ見て、わたしはしずかな声で言った。

「夢の中で会った子なんだ。だから、ほんとうにはいない」

はじめてカノに会ったのは、つまり、はじめてカノの夢を見たのは、夏休みのことだ。

わたしは夢の中で、小学校にいた。

そういうことはよくある。

で、わたしはそれに、とくに不自然さを覚えない。夢だから。

休み時間。たくさんの子たちが、グラウンドで遊んでいた。わたしは校庭のすみっこの雑木林になっているところを、ひとりで歩いていた。サッカーをする男子たちの声が、どこか水の中のように、くぐもって聞こえていた。わたしはふわふわとした足取りで、泳ぐようにうかぶように、木々の間をすり抜《ぬ》ける。そこで、わたしはカノに出会った。

その子の名前がカノということと、そしてカノがわたしとおなじクラスの子だっていうことを、なぜかわたしは知っていた。現実では、わたしは中学生で、小学校のときも、カノなんて名前の子はクラスにいなかった。だけど、その夢の中では、そういうことになっていて、それをわたしはとくに不思議だと思わなかった。

ただ、夢の中のカノの姿《すがた》を、起きているときのわたしはしっかり思いだすことができない。ぼんやりとした印象だけが、心に焼きついている。腰《こし》まである長さの、ふわふわした淡《あわ》い色の髪《かみ》と、おなじように淡い色の瞳《ひとみ》。肌《はだ》がひどく白かったことは、なんとなく覚えている。

あらためて考えてみると、カノが男の子か、女の子かも、よくわからない。あんまり、関係ない気もする。カノは、どこかはかなげで、今にも消えそうな雰囲気《ふんいき》で、だけどそばにいると、わたしはなぜだか落ちつくのだった。

カノはわたしにあいさつした。わたしもあいさつを返した。

そして、わたしはカノに、なにをしているのかと、たずねた。

樹《き》を探《さが》しているんだと、カノは言った。

このまえ、種を植えたから、そろそろ大きくなっているはずだと。でも、どこにも見つからないのだと、カノは言った。

どんな樹？　と、わたしはたずねた。

――こんぺいとうの樹だよ。

ないしょ話をするときみたいに、耳もとでささやくように、声をひそめてカノは言った。

こんぺいとうの樹？

――こんぺいとうは、木の実なんだよ。だって、あんなに繊細《せんさい》なものが、人の手で作られるわけ、ないでしょう？

くすくすと笑って、カノはそう言った。

わたしは、そのことをはじめて知った。とくに疑《うたが》いもしなかった。
それから、カノはまっすぐにわたしを見つめた。
――秘密《ひみつ》だよ。涼香《すずか》だから、教えたんだよ。
淡《あわ》い色の瞳《ひとみ》をやわらかく細めて、カノは言った。
そのときだった。わたしが、それまで感じたことのない感情を覚えたのは。
胸《むね》をふさぐほど切なくて、こげつくようにあまくて。
泣きたくなるような、祈《いの》りたくなるような。
わたしはそっと、カノの手を握《にぎ》った。
カノは拒《こば》まなかった。くすぐったそうに笑って、わたしの手を握り返した。
そして、わたしは気づいたんだ。
――あ、わたし、この子のことがすきだ。

「で、目が覚めた」
わたしは言った。夏鈴《かりん》は複雑そうな顔をしていた。

「すっごくかなしかった。あの子は、ほんとうはいないんだって思って。しばらくベッドの中で動けなかった」

涼香は曖昧《あいまい》にうなずいた。

「なんだろ……そうね。いいところで目が覚めちゃったね……」

歯にものがはさまったような物言い。らしくない。

「どうせ、わたしがおかしくなったと思ってるんでしょ？」

「えーっと、はい」

夏鈴はうなずいた。だろうな、と思った。だけど、すぐに夏鈴は首をひねった。

「……いや、ちがうな。涼香、そもそもおかしいからな」

「それな」

「つっこめや！」

脇腹《わきばら》をつついてくる夏鈴。わたしはその手を払《はら》いのける。そう何度もかわいくない声を出してたまるか。

「そっかー。それで、ずっとその夢を引きずってるわけかー。なんか切ないね」

夏鈴《かりん》はしみじみと言ったけれど、わたしは首を横にふった。

「引きずってるわけじゃない。だって、それからもカノは、夢に出てきているから」

「え、まじで？」

夏鈴が目をまるくした。わたしは肩《かた》をすくめて、続けた。

「うん。週に二回くらい見る。ふらりとカノが現れて、こんぺいとうの樹《き》を探《さが》しているって言うわけ。で、いっしょに探す。その夢を見ると、わたしは何日か幸せに過ごせる」

「はえー……」

変な声を出して、それから、夏鈴はしばらくだまっていた。

しばらく、というか、いつも別れるコンビニの前まで、ずっとだまっていた。

まあ、そうでしょうよ。わかってる。リアクションにこまる話だと思う。

「じゃ」

そう言って、わたしが横断歩道を渡《わた》ろうとすると、夏鈴はようやく口を開いた。

「涼香《すずか》さ」

「なに？」

「……やっぱなんでもない」

夏鈴は首を横にふった。わたしはうなずいた。

「そ。じゃ、また明日」

「うん、明日ね」

手をふって、夏鈴と別れる。わたしはほっとしていた。

夏鈴はカノのことを、悪く言わないでくれた。「でも、どうせ夢じゃん」とか、「はやく忘《わす》れなよ」とか、「疲《つか》れてるんじゃないの」とか。もしくは「憑《つ》かれてるんじゃないの」とかね。

そういう感じのことを、言わなかった。だまっていてくれた。

なんだかんだ、そういうところが、夏鈴のいいところだ。

わたしは夏鈴が友人であることに感謝した。

で、今後もよかったら、カノの話を聞いてくれたらいいな、とも思った。

とかなんとか、ずいぶんと悠長《ゆうちょう》で能天気なことを考えていたんだよ。

翌朝《よくあさ》、一年二組の教室に入るまでは。

「夢子《ゆめこ》」

教室に入って、自分の席にカバンを置いたとき。くすくす笑いとともに、背後《はいご》から浴びせられた言葉がそれだった。

昨晩《さくばん》の夢に、カノは出てこなかった。どうしたら、カノは来てくれるのか。どうしたら、カノの夢を見られるのか。わたしは昼間、そればかり考えている。心はふわふわと内側を向いていていて、ぼんやりと現実をおろそかにしている。

心ここにあらず。

そのときもそうだったので、一瞬《いっしゅん》、反応がおくれた。だけど、聞こえた言葉はじわじわと脳《のう》に浸透《しんとう》していって、胸《むね》のおくがしずかに冷えていって、それからわたしはふり返った。

何人かの女子（名前は忘《わす》れた）の意地悪な、それでいて好奇《こうき》のこもった眼差《まなざ》し。

ぼんやりしていても、わたしは賢《かしこ》い。だからすぐに、ことの重大さに気づいた。夏鈴《かりん》と話をしないといけないと、そう思った。

ロッカーに、あの子のカバンはまだない。わたしは昇降口《しょうこうぐち》におりていって、登校してきたばかりの夏鈴を下駄箱《げたばこ》で捕《つか》まえた。

「え、え、え、なになになに？　どうしたよ涼香《すずか》。いや、なんか言ってよ！」

無言で夏鈴を引っ張っていって、北校舎一階の女子トイレに入る。ひと気はない。そこまで来て、わたしは夏鈴に向きなおる。

「な、なんすか」

夏鈴はビビっているみたいだった。そりゃそうだろう。わたしはおこっている。

「おい、昨日のこと、チクりやがったな」

どすの利《き》いた声でそう言ってやる。すると、夏鈴はみるみる顔を赤くした。

それから、踵《きびす》を返して逃《に》げだした。

「待て！」

そう言って追いかける。だけど、夏鈴の足は速い。さすが陸上部だ。ほかに部員がろくにいなくて活動できないから活動しなくていいと思って演劇部《えんげきぶ》に入ったもやしのわたしとはわけがちがう。ぜんぜん追いつけない。階段《かいだん》を駆《か》けあがって、教室に飛びこむのを視界《しかい》にとらえて、わたしもあわててそれに続いて……。

そこでわたしは、夏鈴《かりん》が逃《に》げだしたわけではないことを知った。

夏鈴はひとりの女子の横っ面を、思いっきり引っぱたいた。

すぱあん、と爽快《そうかい》な音がした。


その日の夜、わたしはカノの夢を見た。

だけど、夢の中で、わたしの意識はいつもよりはっきりしていた。

わたしたちは夜の教室にいて、ならんで座《すわ》っている。蛍光灯《けいこうとう》はついていないけれど、月明かりが窓《まど》から入ってきて、ぼんやりとあたりを照らしていた。

さんざんだったね、とカノは言った。

「ほんとだよ」

ため息をついてそう返すと、カノはくすくす笑った。

その声はきれいで、くすぐったくて、やっぱり、カノのことがすきだなあって思う。

「ないしょにしておいたほうが、よかったのかな」

わたしはぽつりと言った。

「やっぱり、へんなんだって、思うよ。わたしだって、わかってる。賢《かしこ》いから。べつに、夏鈴にわかってもらえなくてもよかったんだ。へんなやつだって、思われるのは慣れてるし。でも、こんなことになってほしいわけでもなかった」

それから、わたしはカノのほうを見た。

カノの白い頬《ほお》を、淡《あわ》い色の瞳《ひとみ》を、ふわふわと長い髪《かみ》を。

いとおしく思いながら、わたしは言った。

「わたし、カノのことがすきだよ」

すると、カノはいつものようにくすくす笑って、知ってる、と言った。

わたしはほほえむ。胸《むね》のおくが熱くて、あまくて、すこしだけ苦しくて、泣きたいくらい幸せだった。夢だっていいんだ。こうして、カノと過ごせれば。ほんとうのことじゃなくても、幸せなんだ。

それから、わたしはそっと、昼間起こったことを思い返した。

夏鈴が引っぱたいた子は、流花《るか》という名前の子だった。

夏鈴《かりん》はわたしとちがって社交的なので、わたし以外にも友だちがいる。流花《るか》はそのうちのひとりだ。すぐに流花は泣きだし、ほかの子たちが夏鈴をとりおさえようとしたけれど、彼女はさらに追撃《ついげき》を加えようとして、わたしが間に入った。

「どいて！」と、夏鈴はさけんだ。

「どかない！」と、わたしも声を張りあげる。

騒然《そうぜん》とした教室の中で、わたしと夏鈴はにらみ合った。いつまでもそうしている気がした。だけど、だれかが呼《よ》びに行ったのだろう、高木《たかぎ》先生がすっとんできて、わたしたちは連行された。なにがあったのか、先生の聴取《ちょうしゅ》に、夏鈴はひとこともしゃべらなかった。わたしも質問されたけれど、まあ、なにを話していいかわからなかったので、「わたしもよくわかりません」としか言えなかった。先生はこまってしまっていた。

それから、別室で流花から話を聞いたらしい教頭先生が、高木先生を呼びだした。のこされたわたしたちは、生徒指導室でふたりきり、無言で過ごした。

でも、しばらくして、沈黙《ちんもく》が堪《た》えがたくなって、わたしは言った。

「どういうこと？」

「……ごめん」

夏鈴はそれだけ言った。わたしはちょっと考えて、たずねた。

「流花に、わたしのこと、話したの？　それで流花がほかの子にばらしちゃったってこと？」

だけど、夏鈴はそれきりなにも言わなかった。高木先生は戻ってくると、ため息をついて、

「暴力はなにがあってもダメなので、そこだけちゃんと謝りなさいよ」と言った。

それから、わたしのことを複雑そうな表情で見た。

ああ、わたしの推理《すいり》は当たってるっぽいな。

そんで、流花はなにもかもしゃべったんだな、とわたしは察した。


「べつにいいけどね」

夢の中、夜の教室で、わたしはつぶやく。

「たぶん、夏鈴は流花に話して、口止めしたんだと思う。だけど、流花がほかの子にしゃべっちゃって。わたしが朝、トイレで詰《つ》めよったとき、夏鈴はそれがわかっちゃったんでしょ」

ため息をついて、わたしは続ける。

「ばかだねえ、夏鈴《かりん》は」

しらを切ればいいのに。

そうじゃなくても、あんなさわぎにすること、なかったのに。

でも、そういう子だよな、あの子。

ふだんは、ぼんやりとしているわたしのフォローをしているけれど、頭に血がのぼると、わりととんでもないことをしでかす。そんで、関係性は逆転する。

「つーか、自分はしゃべったくせに、流花《るか》のことたたく権利《けんり》、なくない？」

そう言って、わたしはからからと笑う。カノは笑わなかった。しずかに、じっとわたしのほうを見ている。そのうち、わたしはむなしくなって、ぽつりとこぼした。

「明日、学校行きたくないな」

ずっとこうして、夢の中にいられたら、いいのになあ。

カノは、そっと手をのばして、わたしにこんぺいとうをひと粒《つぶ》、くれた。口に含《ふく》むと、ちいさなとげとげがやわらかに舌《した》の上を転がる。ふわふわと、でもたしかにあまい。奥歯《おくば》でかむとしずかに砕《くだ》けて、かけらがほろほろと口の中に広がった。

——わたしも、涼香《すずか》がすきだよ。

しずかに、ささやくように、カノは言って、今度こそ、わたしは泣いてしまう。

カノはわたしの背中《せなか》に、そっと手を置いて、こう続けた。

——だけど涼香は、夏鈴のことも、大切なんでしょ？

目が覚めると、枕《まくら》が濡《ぬ》れていたとか、そんなレベルじゃなかった。

しばらく、布団の中で、わたしは泣いた。

朝ごはんをのろのろと食べて、制服に着替《きが》えて。目がまっ赤になってることは、鏡を見て気づいてた。家を出るとき、母さんは心配そうに「どうしたの？」って言ってくれたけど、説明する気力もなかった。エレベーターで下に降《お》りて、マンションのエントランスを出たところで、わたしの足は止まる。

気まずそうな顔をして、夏鈴が立っていた。

わたしのことを、待っていた。

「おはよう」

わたしは言った。夏鈴《かりん》は頭を深々と下げた。

「涼香《すずか》、ごめんなさい」

「べつに。でも、なんで？」

だれにも言わないでって、言ったんだけどな。言わなかったっけ？

夏鈴は顔をあげて、こう言った。

「どうしたらいいのか、わからなかったから」

沈黙《ちんもく》があった。向こうの道を、きゃあきゃあとふざけながら駆《か》けていく小学生の群れ。

「……歩きながら話そうか」

わたしはそう言った。


「流花《るか》は切った」

しずかに、だけどきっぱりと言う夏鈴。

「あんたにそんな資格あるの？　そもそも、あんただって秘密《ひみつ》守れてないのに」

「それを言われると弱い。でも、あたしは、もう流花となかよくできない」

わたしは意地悪な気持ちになる。

「じゃあ、わたしがあんたとなかよくできないって言いだしたら、どうする？」

「そう言われても、しょうがないと思う」

キンモクセイのにおいがする。空はぼんやりと青くて、なんとなくかなしい。

「わからなかったんだよね。どうしたらいいのか。ほんとうに」

夏鈴は前を向いたまま、つぶやくように言う。

「あたし、涼香の味方でいたいと思ってる。いつだって。だからこそ、どうすればいいのか、なんて言葉をかければいいのか、わからなかった。夢の中の人をすきになったって言われて、それをさ？　ただただ肯定《こうてい》するのも、だけどその気持ちを否定《ひてい》するのも、どっちもちがう気がして……混乱《こんらん》したわけよ。だまってるしか、できなかった」

わたしはなにも言わなかった。夏鈴はぼそぼそ続ける。

「だから、相談したんだ。流花に。もちろん、涼香の名前は伏《ふ》せたよ。でも、バレた。もうしわけない。あたし、ほら、そんなに隠《かく》しごととか、得意じゃないみたいで……」

「知ってる」

わたしは言った。夏鈴《かりん》は自嘲的《じちょうてき》に笑った。

「ごめんね。やになっちゃうよ……でもさ、流花《るか》、真剣《しんけん》に聞いてくれて。いっしょにネットで、似たようなケースを調べてくれてさ」

似たようなケース？

「わたしみたいに、夢の中の人をすきになる人って、ほかにもいるの？」

わたしがたずねると、夏鈴はうなずいた。

「検索《けんさく》してみたら、そういうことでなやんでいる人のこと、思ったより見つかった。夢の中で出会った人が忘《わす》れられないとか、すきになってしまってもう一度会いたいとか。でも、名前がついている現象ではないみたい。相談に乗ってる人たちの対応も、ばらばらでさ」

「たとえば？」

「うん。無意識とか、深層心理《しんそうしんり》がどうとか言って、カウンセリングを勧《すす》めていたり。夢は記《き》憶《おく》からできているから、どこかで会ったことがあるはずだって意見もあったり。見たい夢を見るために、夢日記をつけてみるといいとか。たしかにさ、現実をおろそかにしちゃいけないって、説教する人もいたけど……うん。でも調べてみてわかったのは、そうやって頭ごなしに否定《ひてい》する人のほうが、少ないってこと」

「ふうん……」

わたしは意外に思った。

自分でもおかしいって、かんたんに理解されるはずがないって、そう思っていたから。

夏鈴は、ほうっと息を吐《は》いた。

「言ったんだよ、流花のやつ」

——すきな人が現実にいるかどうかって、そんなに重要なことじゃない気がする。

——だって、しょうがないじゃん。すきなんだったら。

「その言葉がさ、すとんと、胸《むね》のおくに落ちて。はずかしいけどさ、あたしちょっと泣いちゃったんだ。そうだよな。すきになっちゃったら、しょうがないよなって。夢とか現実とか、そんなの、関係ない。ぜんぜん重要じゃないよなって……そう思ったんだ」

だから。

あたしも、ショックだった——流花《るか》にうらぎられたことが。

夏鈴《かりん》は、うつむいて、そうこぼした。

「じゃあ……」

わたしは口を開いた。

声はふるえていて、夏鈴の不安そうな視線《しせん》を、目のはじに感じていて。

でも、胸《むね》のおくは、あたたかかった。

わたしは言った。


「流花にお礼を言わなきゃ」


「え……？」

おどろいたような顔で、夏鈴がこっちを見る。

わたしは続けた。

「すきな人が、現実にいるかどうかなんて、重要じゃない。夢とか現実とか、そんなの関係ない……わたし、きっとそう言ってほしかったんだと思う。現実のだれかに、そう言ってほしかった。そう思ってほしかった」

たぶん、あんたに。

二宮《にのみや》夏鈴に。

わたしのいちばんの友だちに……。

「だから、流花にお礼を言わなきゃ」

わたしはそう言って、ちいさく笑った。

夏鈴はなにも言わなかった。わたしはそっちを見ない。前だけ向いて歩く。となりで、はなをすする気配。声をころして、しゃくりあげる吐息《といき》。

わたしは空を見上げる。ぼんやりと、でもどこまでも青い空を。

「ねえ、夏鈴。これからも聞いてよ。カノの話を」

わたしの夢の中の、だいすきな人の話を。

あの子が探《さが》している、こんぺいとうの樹《き》の話を、さ。

「ん……もち、ろん」

かすれた声で、夏鈴《かりん》は言う。

「ありがと……涼香《すずか》」

わたしはだまっていた。だまって夏鈴の脇腹《わきばら》をつっついた。

「げふ」と、かわいくない声がした。


白い樹《き》。

幹も、枝も、梢《こずえ》も。

透《す》きとおるように白い、大きな樹。

その枝先についた、ちいさなちいさな実。

白、黄、桃色《ももいろ》、あわい緑に、薄紫《うすむらさき》。

愛らしい、まるみを帯びたとげとげをつけた、砂糖《さとう》の珠《たま》。

こんぺいとうの樹。

——見つけたんだ。

カノは言った。
おぼろげな、儚《はかな》げな、その横顔。
あわい髪《かみ》の色も、瞳《ひとみ》も、白い白い肌《はだ》も。
まるで、こんぺいとうの樹の精霊《せいれい》のようだった。
――夜が明けるよ、涼香。
歌うような声で、カノはささやく。
――夢は現実から生まれて、現実は夢によって作られる。つながっているんだよ。
朝日の光が、地平線から闇《やみ》を裂《さ》いて、白い樹を照らす。
朝焼けの色にうずまく空の下で、こんぺいとうの実が、星のようにかがやいている。
きらきら、きらきら。
じわりと、その光がにじむ。
胸《むね》のおくが熱かった。
こげつくようにあまくて、きりきりと切なくて。
心をそっと締《し》めつける痛《いた》みが、それでも幸せすぎて、わたしは泣いてしまう。

「また、会える？」

わたしはたずねる。

カノは笑って、手のひらを、わたしのそれに重ねた。

「いつだって、いっしょだよ」

そこには、ひと粒《つぶ》のこんぺいとう――。


目覚まし時計のアラームが鳴る。

わたしは幸せを胸《むね》に抱《いだ》いて、わたしの現実に戻《もど》ってくる。

手のひらに残る、あの子の体温と、こんぺいとうの感触《かんしょく》。


「おはよう、世界」

わたしは毛布をけっとばして、ベッドから起きあがる。

ICHIRO OMIYA

近江屋一朗

（おうみや・いちろう）

東京大学卒業。学術博士（千葉大学）。第１回集英社みらい文庫大賞優秀賞受賞。「スーパーミラクルかくれんぼ!!」シリーズでデビュー。著作に「月読幽の死の脱出ゲーム」シリーズ、「怪盗ネコマスク」シリーズ（以上、集英社みらい文庫）、『バック・トゥ・ザ・フューチャー』（ポプラキミノベル）など。アンソロジーとして「青春サプリ。」シリーズ（ポプラ社）、「謎解きホームルーム４」『恐怖文庫』『秘密文庫』（以上、新星出版社）など。

HARUKI SHIMIZU

清水晴木

（しみず・はるき）

千葉県出身。 2011年、函館港イルミナシオン映画祭第15回シナリオ大賞で最終選考に残る。 2015年、『海の見える花屋フルールの事件記 秋山瑠璃は恋をしない』（TO文庫）で長編小説デビュー。以来、千葉が舞台の小説を上梓し続ける。著書に「さよならの向う側」シリーズ（マイクロマガジン社）、『17歳のビオトープ』（幻冬舎）、『天国映画館』（中央公論新社）など。初の児童書として『トクベツキューカ、はじめました！』（岩崎書店）がある。

KYOYA ORIGAMI

織守きょうや

（おりがみ・きょうや）

イギリス、ロンドン出身。国際基督教大学卒。早稲田大学法科大学院卒。2008年弁護士登録（新61期・現在は登録を抹消し休業中）。2012年『霊感検定』で第14回講談社BOX新人賞Powersを受賞し、2013年デビュー。2015年『記憶屋』(KADOKAWA）が第22回日本ホラー小説大賞読者賞を受賞、後に映画化される。2021年『花束は毒』(文藝春秋）が第5回未来屋小説大賞を受賞、その他『黒野葉月は鳥籠で眠らない』(双葉文庫）など作品多数。

MASAFUMI MURAKAMI

村上雅郁

（むらかみ・まさふみ）

1991年生まれ。鎌倉市に育つ。2011年より本格的に児童文学の創作を始める。第2回フレーベル館ものがたり新人賞大賞受賞作『あの子の秘密』(「ハロー・マイ・フレンド」改題）にてデビュー。2020年、同作で第49回児童文芸新人賞を受賞。2022年、『りぼんちゃん』で第1回高校生が選ぶ掛川文学賞受賞。ほかの作品に『キャンドル』『きみの話を聞かせてくれよ』『かなたのif』(すべてフレーベル館）などがある。

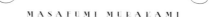

RIE NAKAJIMA

絵

中島梨絵

（なかじま・りえ）

イラストレーター。滋賀県生まれ。京都精華大学芸術学部卒業。文芸や児童書など書籍装画、教科書の挿絵・表紙、絵本を中心に活動中。絵本に『12星座とギリシャ神話の絵本』（沼田茂美、脇屋奈々代・作／あすなろ書房）、『こわいおはなし　あかいさんりんしゃ』（犬飼由美恵・文／成美堂出版）、『サーカスが燃えた』（佐々木譲・文／角川春樹事務所）、装画に「まんぷく旅籠朝日屋」シリーズ（高田在子・著／中央公論新社）など多数。

AYA GODA

監修

合田 文

（ごうだ・あや）

株式会社TIEWAの設立者として「ジェンダー平等の実現」など社会課題をテーマとした事業を行う。広告制作からワークショップまで、クリエイティブの力で社会課題と企業課題の交差点になるようなコンサルティングを行う傍ら、ジェンダーやダイバーシティについてマンガでわかるメディア「パレットーク」編集長を務める。2020年にForbes 30 UNDER 30 JAPAN、2021年にForbes 30 UNDER 30 ASIA 選出。

Sweet & Bitter
甘いだけじゃない４つの恋のストーリー
恋ってそんなにいいもの？

2024年11月30日　第一刷発行

著　近江屋一朗　清水晴木　織守きょうや　村上雅郁
監修　合田 文

絵　中島梨絵
装丁　原条令子デザイン室

発行者　小松崎敬子
発行所　株式会社 岩崎書店
〒112-0014 東京都文京区関口2-3-3 7F
03-6626-5080（営業）03-6626-5082（編集）

印刷　広研印刷株式会社
製本　株式会社若林製本工場

ISBN 978-4-265-09197-3 NDC913 160P 19×13cm

Published by IWASAKI Publishing Co., Ltd.
Printed in Japan

岩崎書店HP https://www.iwasakishoten.co.jp
ご意見ご感想をお寄せください。info@iwasakishoten.co.jp

乱丁本・落丁本は小社負担でおとりかえいたします。

Sweet & Bitter

スウィート&ビター

甘いだけじゃない
4つの恋の
ストーリー

(全3巻)

人の数だけ、さまざまな恋がある。
恋の多様性をテーマに、豪華な作家陣が贈る
甘いお菓子と甘いだけじゃない恋のアンソロジー。

Series Lineup

1 恋に正解ってある?

佐藤いつ子　高杉六花
額賀澪　オザワ部長

2 気になるあの子の恋

高田由紀子　神戸遥真
小野寺史宜　柚木麻子

3 恋ってそんなにいいもの?

近江屋一朗　清水晴木
織守きょうや　村上雅郁

絵　中島梨絵　　監修　合田 文